VTuber

Detective

Team

VTuber
Detective
Team

ナゾノベル

V《ブイ》チューバー探《たん》偵《てい》団《だん》

消《き》えたアイドルを追《お》え！

著 木滝りま　舟崎泉美
絵 榎のと

朝日新聞出版

Contents

もくじ

Character

登場人物《とうじょうじんぶつ》

月島奏《つきしまかなで》（中《ちゅう》1）

地味《じみ》で内気《うちき》だけど、みんなに自分《じぶん》の歌《うた》を聞《き》いてもらうことが夢《ゆめ》。ひょんなことから、謎時《なぞとき》うさぎの「中《なか》の人《ひと》」としてV《ブイ》チューバーデビューした。

音宮碧《おとみやあお》（中《ちゅう》2）

奏《かなで》の歌《うた》の才能《さいのう》を見《み》いだした、V《ブイ》チューバー・謎時《なぞとき》うさぎのプロデューサー。音楽《おんがく》センスがバツグンで業界《ぎょうかい》にも顔《かお》がきく。

一色絵夢《いっしきえむ》（中《ちゅう》2）

大人気《だいにんき》芸能人《げいのうじん》でありながら、ひそかに「神絵師《かみえし》」としても活動中《かつどうちゅう》。謎時《なぞとき》うさぎのキャラクターデザインやイラストを手《て》がける。

工藤《くどう》たくみ（中《ちゅう》1）

数学《すうがく》オリンピック日本代表《にほんだいひょう》の理系《りけい》の天才《てんさい》。コンピューターを自在《じざい》に使《つか》いこなし、謎時《なぞとき》うさぎを技術面《ぎじゅつめん》で支《ささ》える。

明智大五郎《あけちだいごろう》（中《ちゅう》2）

廃部寸前《はいぶすんぜん》の「ミステリー研究会《けんきゅうかい》」の部長《ぶちょう》。謎《なぞ》にすぐ食《く》いつくが、しばしば、トンチンカンな推理《すいり》を披露《ひろう》する。

西園寺《さいおんじ》タケル（中《ちゅう》2）

スクープをねらう新聞部部長《しんぶんぶぶちょう》。
あだ名《な》は「西園寺砲《さいおんじほう》」。

佐々木彩《ささきあや》（中《ちゅう》1）

奏《かなで》の友達《ともだち》。アイドルデビューを目指《めざ》している。

謎時《なぞとき》うさぎ Nazotoki Usagi

月《つき》で何万年《なんまんねん》も孤独《こどく》に生《い》きてきたが、大好《だいす》きな歌《うた》を聞《き》いてもらうため、地球《ちきゅう》にやってきた。地球《ちきゅう》の人々《ひとびと》の役《やく》に立《た》ちたいと、得意《とくい》の推理力《すいりりょく》を生《い》かして探偵業《たんていぎょう》にも乗《の》り出《だ》した。

奏《かなで》たちがつくり上《あ》げたV《ブイ》チューバー

第《だい》1章《しょう》

消《き》えたアイドル！

犯人《はんにん》を追《お》いつめた謎時《なぞとき》うさぎは、自信《じしん》満々《まんまん》にルーペをのぞき込《こ》む。

その瞬間《しゅんかん》、謎時《なぞとき》うさぎの左目《ひだりめ》がずんっと大《おお》きくなった。

「犯人《はんにん》はサッカー部《ぶ》のマネージャーのA《エー》子《こ》さんだぴょん！」

謎時《なぞとき》うさぎが犯人《はんにん》を指摘《してき》すると、配信《はいしん》のチャット欄《らん》に文字《もじ》があふれる。

『やっぱりマネージャーだったか！』

『これでH中《エイチちゅう》の七不思議《ななふしぎ》も解決《かいけつ》だね！』

『謎時《なぞとき》うさぎ最高《さいこう》！』

「A子《エーこ》さんはH中《エイチちゅう》の七不思議《ななふしぎ》のひとつである、人体模型《じんたいもけい》の呪《のろ》いを利用《りよう》して、S《エス》先輩《せんぱい》と彼女《かのじょ》を別《わか》れさせたのだ。そう、A《エー》子《こ》さんはS《エス》先輩《せんぱい》に恋《こい》してたんだぴょ

ん！」

モニターの中《なか》の謎時《なぞとき》うさぎは、したり顔《がお》をする。

「というわけで、H中《エイチちゅう》の理科室《りかしつ》で起《お》きた人体模型《じんたいもけい》の怪《かい》も無事《ぶじ》に解決《かいけつ》なのだ！　もし、ほかにも解決《かいけつ》してほしい事件《じけん》があったら、謎解《なぞと》き依頼《いらい》フォームから連絡《れんらく》だぴょん！　それではこで1曲《きょく》〜♪」

謎時《なぞとき》うさぎは、満面《まんめん》の笑《え》みで歌《うた》いだす。

「もしも、この声《こえ》が届《とど》くなら、愛《いと》しいあなたに伝《つた》えたい〜♪　わたしが、ここにいることを〜♪　深《ふか》い深《ふか》い海《うみ》の底《そこ》で、わたしは歌《うた》う〜♪　この声《こえ》が、あなたに届《とど》くことを祈《いの》りながら〜〜♪」

最後《さいご》は画面《がめん》を射抜《いぬ》くようにするどく指《ゆび》さして、ポーズを決《き》めた。

わたしがウィンクすると、謎時《なぞとき》うさぎもウィンクし、目《め》と連動《れんどう》して片耳《かたみみ》が折《お》れる。

今《いま》や謎時《なぞとき》うさぎのお約束《やくそく》となったポーズ『うさみみウィンク』だ。

「これで今日《きょう》の配信《はいしん》は終了《しゅうりょう》だぴょん！　うさとも探偵団《たんていだん》のみんな、また会《あ》おうなのだ！」

最後《さいご》に謎時《なぞとき》うさぎのファンである『うさとも探偵団《たんていだん》』にあいさつをして配信《はいしん》を終《お》えた。

配信《はいしん》が終《お》わり、モニターがオフになった。

緊張《きんちょう》から解放《かいほう》されたわたしは、大《おお》きく息《いき》をつく。

ひざに手《て》を置《お》くと、ガクガクと震《ふる》えていた。何度《なんど》やっても、配信《はいしん》は慣《な》れない。

謎時《なぞとき》うさぎは、わたし、月島奏《つきしまかなで》が演《えん》じるV《ブイ》チューバーだ。

わたしが所属《しょぞく》するミステリー研究会《けんきゅうかい》（通称《つうしょう》・ミス研《けん》）は、ふだんは学校関係者《がっこうかんけいしゃ》から依頼《いらい》を受《う》けて謎《なぞ》を解決《かいけつ》している。その活動《かつどう》の裏側《うらがわ》で、わたしたちはひそかにV《ブイ》チューバープロジェクトを進《すす》めていた。

「おつかれさま。だいぶさまになってきたね」

部室《ぶしつ》で配信《はいしん》を見《み》ていた一色絵夢《いっしきえむ》くんが、部室《ぶしつ》の片隅《かたすみ》にある本棚《ほんだな》に隠《かく》された配信《はいしん》ブースから出《で》てきたわたしを、やさしい笑顔《えがお》で迎《むか》え入《い》れてくれた。

絵夢《えむ》くんは、表《おもて》の顔《かお》は誰《だれ》もが知《し》る、子役《こやく》（＊）出身《しゅっしん》の国民的俳優《こくみんてきはいゆう》。

でも、裏《うら》の顔《かお》は、SNS《エスエヌエス》のフォロワー50万《まん》を擁《よう》する神絵師《かみえし》・夜《よる》。誰《だれ》にも知《し》られないようにこっそりと覆面《ふくめん》アーティストとして活動《かつどう》している。

謎時《なぞとき》うさぎのキャラクターデザインをしてくれたのが絵夢《えむ》くんであり、謎時《なぞとき》うさぎの「マ

＊「子役《こやく》」…映画《えいが》やドラマなどに出演《しゅつえん》する、子《こ》どもの俳優《はいゆう》。一般的《いっぱんてき》には、小学生《しょうがくせい》くらいまでを指《さ》す。

マ」である。

「V《ブイ》チューバーらしくなってきましたね。モニター越《ご》しにもこなれた感《かん》じが、じゅうぶんに伝《つた》わります」

わたしといっしょに配信《はいしん》ブースを出《で》た工藤《くどう》たくみくんも、メガネをくいっと持《も》ち上《あ》げながら言《い》った。

理系《りけい》の工藤《くどう》くんは、パソコンを駆使《くし》して謎時《なぞとき》うさぎを動《うご》かすエンジニア、謎時《なぞとき》うさぎの「パパ」だ。

「ステキだったワ！　ワタシも謎時《なぞとき》うさぎみたいな探偵《たんてい》にあこがれちゃう！」

推理小説大好《すいりしょうせつだいす》きなミステリーオタクであり、ミス研部長《けんぶちょう》の明智大五郎先輩《あけちだいごろうせんぱい》も、すっかり謎時《なぞとき》うさぎのファンになったみたいで、配信《はいしん》を終《お》えたわたしを満面《まんめん》の笑《え》みと拍手《はくしゅ》で出迎《でむか》えてくれた。

ミス研《けん》の仲間《なかま》たちは、みんな満足《まんぞく》そうだ。

ただひとりをのぞいては……。

「配信《はいしん》セットを撤収《てっしゅう》したらすぐにミーティングはじめるぞ！」

V《ブイ》チューバープロジェクトの発起人《ほっきにん》であり、謎時《なぞとき》うさぎのプロデューサーである音宮碧先《おとみやあおせん》輩《ばい》は、仏頂面《ぶっちょうづら》でわたしの目《め》を見《み》て言《い》った。

音宮先輩《おとみやせんぱい》は、ミーティング開始早々《かいしそうそう》、バンッ！と机《つくえ》に両手《りょうて》をついた。

「月島《つきしま》は謎時《なぞとき》うさぎを、自分《じぶん》のものにしている。だが、肝心《かんじん》の歌《うた》はこれまでの配信《はいしん》ではまったくというほど聞《き》いてもらえてない。チャンネル登録者数《とうろくしゃすう》は、まだ2000人《にん》。100万人《まんにん》どころか、1万人《まんにん》にも届《とど》いていない。これは事実《じじつ》だ」

ぎくりとした。

音宮先輩《おとみやせんぱい》の言《い》う通《とお》りだ。

「配信《はいしん》をはじめて1か月《げつ》が経《た》った。だが、これまでどの配信《はいしん》でも、謎時《なぞとき》うさぎが歌《うた》い始《はじ》めると、あきらかに同接《どうせつ》が減《へ》っている。最後《さいご》には誰《だれ》も視聴《しちょう》していないこともあった」

音宮先輩《おとみやせんぱい》は続《つづ》けた。

同接《どうせつ》とは「同時接続者数《どうじせつぞくしゃすう》」のことだ。

リアルタイムで謎時《なぞとき》うさぎの配信《はいしん》を見《み》てくれている人《ひと》たちのことを言《い》う。

同接《どうせつ》する人《ひと》がいないってことは、誰《だれ》も謎時《なぞとき》うさぎの歌《うた》を聞《き》いていないということだ。

みんなに歌《うた》を聞《き》いてほしい。

その一心《いっしん》ではじめたV《ブイ》チューバープロジェクトだったはずなのに、誰《だれ》にも聞《き》かれないなんて……。

(でも、どうすれば……)

「原因《げんいん》はおそらく、謎時《なぞとき》うさぎの配信《はいしん》を見《み》ているミステリー好《ず》きの層《そう》が、歌《うた》や音楽《おんがく》に興味《きょうみ》がないことにある」

音宮先輩《おとみやせんぱい》は難《むずか》しい顔《かお》で言《い》った。

「というわけで、ここらでミステリー好《ず》きだけでなく、歌好《うたず》き音楽好《おんがくず》き、どちらも満足《まんぞく》でき、なおかつ多《おお》くの人《ひと》の話題《わだい》になるような派手《はで》なネタをやりたい」

音宮先輩《おとみやせんぱい》は、ちらりと工藤《くどう》くんを見《み》た。

「謎解《なぞと》き依頼《いらい》フォームに、芸能《げいのう》や音楽《おんがく》に関係《かんけい》する話題性《わだいせい》のある依頼《いらい》は来《き》てるか?」

謎解《なぞと》き依頼《いらい》フォームとは、いつでもどこでもだれからでも事件調査《じけんちょうさ》の依頼《いらい》を受《う》けられる、公式《こうしき》サイトに設置《せっち》された入力《にゅうりょく》フォームだ。

公式《こうしき》サイトは工藤《くどう》くんが管理《かんり》しており、謎解《なぞと》き依頼《いらい》フォームも随時《ずいじ》、工藤《くどう》くんが確認《かくにん》している。

「新規依頼《しんきいらい》は……」

工藤《くどう》くんは、マウスをカチカチとクリックしながら画面《がめん》を見《み》つめる。

「残念《ざんねん》ながらゼロですね」

工藤《くどう》くんの言葉《ことば》に、音宮先輩《おとみやせんぱい》は大《おお》きなため息《いき》をつく。

「芸能《げいのう》や音楽《おんがく》ネタどころか、なんの依頼《いらい》も来《き》ていません。先《さき》ほど配信《はいしん》した花園中《はなぞのちゅう》の人体模《じんたいも》型《けい》の怪《かい》が最後《さいご》の依頼《いらい》です」

工藤《くどう》くんは残念《ざんねん》そうに言《い》う。

「そもそも依頼自体《いらいじたい》が少《すく》ないんですよ。学校関係《がっこうかんけい》の事件《じけん》も多《おお》くて、それだと事件《じけん》があった学《がっ》校関係者《こうかんけいしゃ》しか見《み》ないので、あまり広《ひろ》い層《そう》には届《とど》いてない印象《いんしょう》です」

初配信《はつはいしん》で歌川中学合唱部《うたがわちゅうがくがっしょうぶ》に伝《つた》わる呪《のろ》いについて取《と》り上《あ》げたことで、それ以降《いこう》、謎時《なぞとき》うさぎに依頼《いらい》された数少《かずすく》ない事件《じけん》も、学校《がっこう》にまつわる七不思議《ななふしぎ》や伝説《でんせつ》、こわい話《はなし》にかたよっていた。

「一色《いっしき》はどうだ？　なにか芸能関係《げいのうかんけい》のネタはないか？」

絵夢《えむ》くんは、少《すこ》しあきれたように言《い》った。

「芸能関係《げいのうかんけい》の事件《じけん》なんて探《さが》せばたくさんあるよ。でも、ぼくたち中学生《ちゅうがくせい》が手出《てだ》しするようなものじゃない。芸能界《げいのうかい》の闇《やみ》って深《ふか》いからさ」

きっと絵夢《えむ》くんは、子役《こやく》として活躍《かつやく》してきたなかで芸能界《げいのうかい》の大人《おとな》を見《み》てきたのだろう。

（芸能界《げいのうかい》の事件《じけん》……、華《はな》やかな世界《せかい》の裏《うら》には、こわい話《はなし》もあるのかな……）

「まあ、芸能界《げいのうかい》って、なにか事件《じけん》があっても表《おもて》に出《だ》したがらないしね。配信自体《はいしんじたい》、難《むずか》しい気《き》がするけど」

絵夢《えむ》くんが言《い》うと、音宮先輩《おとみやせんぱい》は考《かんが》えこむ。

「ほかに謎時《なぞとき》うさぎを盛《も》り上《あ》げる、いい方法《ほうほう》はないのか？」

音宮先輩《おとみやせんぱい》の問《と》いかけに、絵夢《えむ》くんが答《こた》える。

「派手《はで》な依頼《いらい》を受《う》けるより、地道《じみち》に盛《も》り上《あ》げてもいいんじゃないかな？　ぼくは新衣装《しんいしょう》を早《はや》く手《て》がけたいけど」

「ぼくも賛成《さんせい》です。新《あたら》しい衣装《いしょう》に合《あ》わせて、謎時《なぞとき》うさぎの動《うご》きをグレードアップさせたいですね」

工藤《くどう》くんは目《め》を輝《かがや》かせる。

すっかり絵夢《えむ》くんの絵《え》を気《き》に入《い》っているようだ。

「新衣装《しんいしょう》、コラボ配信《はいしん》（＊）、ファンミーティング（＊）、まあ、イベントはいろいろとやらなきゃいけないだろうな」

音宮先輩《おとみやせんぱい》が、難《むずか》しい顔《かお》をゆるめたのを見《み》て、わたしは前々《まえまえ》から心《こころ》に秘《ひ》めていたことを伝《つた》えた。

「あっ、あの……ちょっといいですか？」

「なんだ、月島《つきしま》？」

音宮先輩《おとみやせんぱい》の視線《しせん》が、わたしをとらえた。

「将来的《しょうらいてき》な話《はなし》ですけど……やっぱり、謎時《なぞとき》うさぎを3D化《スリーディーか》させたいなって」

3D《スリーディー》になれば、V《ブイ》チューバーは今《いま》より立体的《りったいてき》になる。

360度《ど》映《うつ》すことができるため、全身《ぜんしん》を使《つか》って歌《うた》ったり踊《おど》ったり、やれることが一気《いっき》に増《ふ》える。

それになにより、3D化《スリーディーか》は、V《ブイ》チューバーの夢《ゆめ》だ！

わたしの提案《ていあん》を聞《き》いた音宮先輩《おとみやせんぱい》は、満足《まんぞく》そうにほほえんだ。

＊「コラボ配信《はいしん》」…ほかの配信者《はいしんしゃ》といっしょに配信《はいしん》すること。活動《かつどう》に広《ひろ》がりが出《で》たり、存在《そんざい》を知《し》ってもらうきっかけになる。

＊「ファンミーティング」…ファンと交流《こうりゅう》するイベント。ふだん応援《おうえん》してくれる人《ひと》たちへの、ファンサービスとしておこなわれる。

「いいんじゃないか。V《ブイ》チューバーらしい目標《もくひょう》だ。よし、謎時《なぞとき》うさぎは3D化《スリーディーか》を目指《めざ》す！」

わたしは音宮先輩《おとみやせんぱい》の力強《ちからづよ》い言《い》い方《かた》に胸《むね》がおどった。

（また大《おお》きな目標《もくひょう》ができた……！）

みんなでひとつの目標《もくひょう》を追《お》いかけるのって、すっごくわくわくする。

でも、喜《よろこ》べたのは束《つか》の間《ま》で……。

「技術的《ぎじゅつてき》には、難《むずか》しいですが、やりがいはあります。ただ、今《いま》の段階《だんかい》だと予算《よさん》が問題《もんだい》です。まず、パソコンのスペックも高機能《こうきのう》にしなければならないですし、撮影機材《さつえいきざい》も、高級《こうきゅう》なものが必要《ひつよう》です。3D《スリーディー》のトラッキング（＊）ができる環境《かんきょう》も不可欠《ふかけつ》ですね。場合《ばあい》によってはスタジオを借《か》りなければいけません……」

工藤《くどう》くんは困《こま》り顔《がお》で言《い》った。

「お金《かね》を集《あつ》めるしかないってことか……」

音宮先輩《おとみやせんぱい》は、またしても難《むずか》しい顔《かお》になる。

＊「トラッキング」…「中《なか》の人《ひと》」の動《うご》きや表情《ひょうじょう》を判別《はんべつ》し、アバターの動《うご》きや表情《ひょうじょう》とリンクさせる技術《ぎじゅつ》のこと。3D《スリーディー》になると、全身《ぜんしん》のトラッキングが必要《ひつよう》になる。

2D《ツーディー》

平面《へいめん》の絵《え》を変形《へんけい》させたり、
絵《え》を切《き》り替《か》えたりして、動《うご》きを表現《ひょうげん》する。

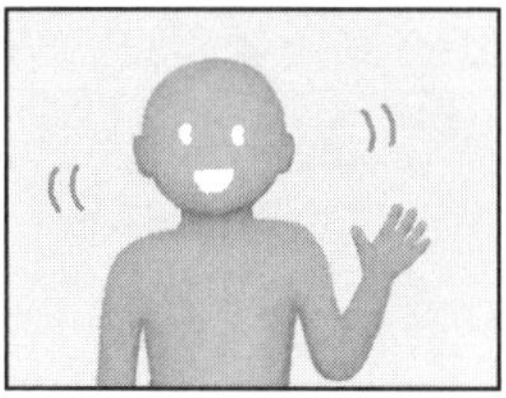

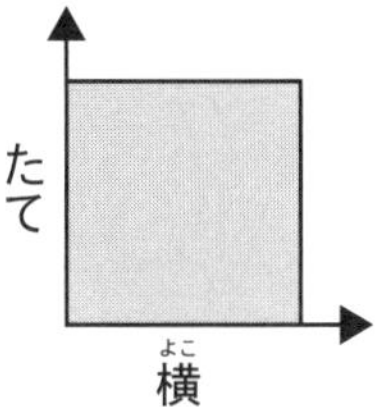

3D《スリーディー》

アバターが立体的《りったいてき》になる。「中《なか》の人《ひと》」の体《からだ》の動《うご》きを
そのまま同《おな》じように表現《ひょうげん》できる。

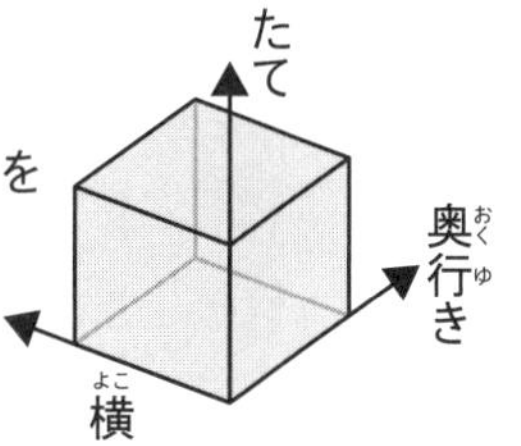

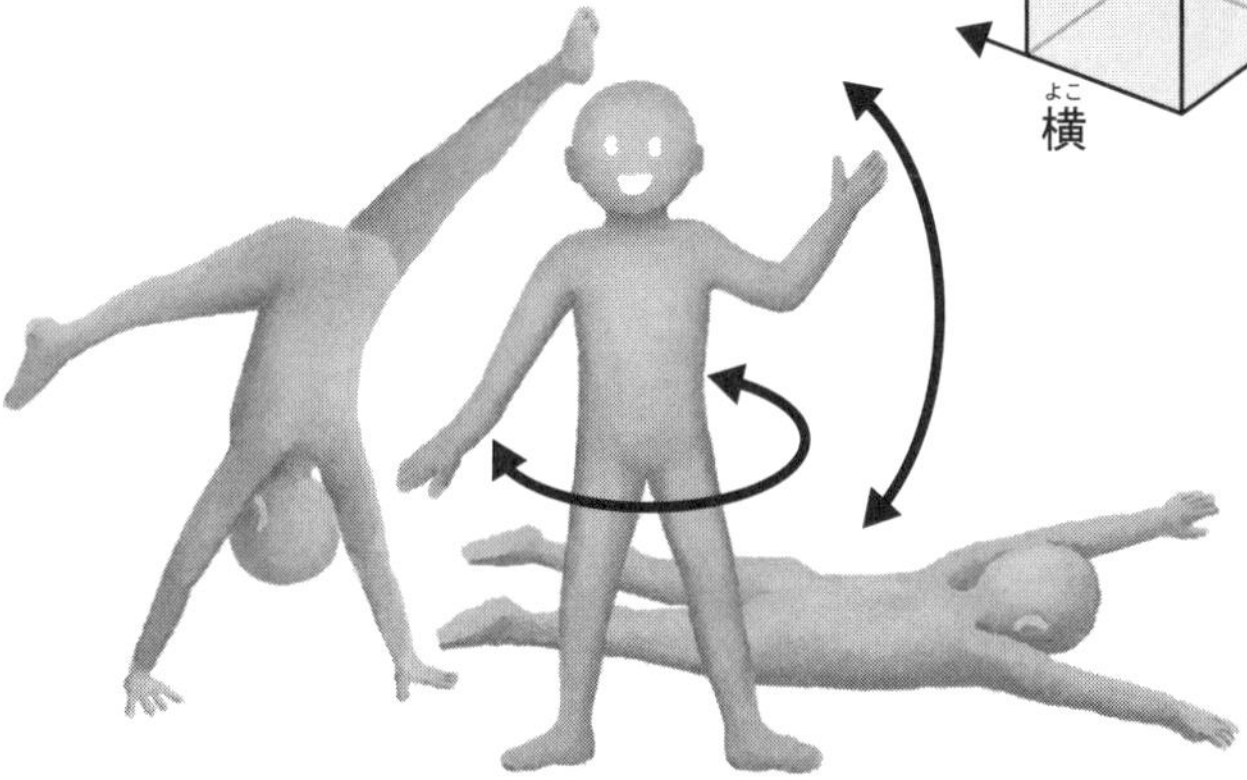

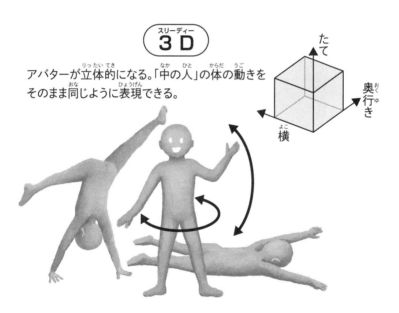

「やっぱり、チャンネル登録者数《とうろくしゃすう》を増《ふ》やす必要《ひつよう》がある。それによって収益化《しゅうえきか》もやりやすくなる」

「収益化《しゅうえきか》ですか？」

聞《き》き慣《な》れない言葉《ことば》に、わたしは音宮先輩《おとみやせんぱい》に質問《しつもん》した。

「チャンネル登録者数《とうろくしゃすう》が増《ふ》えることで、総再生時間《そうさいせいじかん》や視聴数《しちょうすう》ものびる。そうすると、動画《どうが》を配信《はいしん》しているサイトである、プラットフォームから収入《しゅうにゅう》を得《え》られるようになるんだ」

「そんな仕組《しく》みなんですねー」

なるほど！　チャンネル登録者数《とうろくしゃすう》を増《ふ》やす意味《いみ》がなんとなく理解《りかい》できた。

チャンネル登録者数《とうろくしゃすう》が多《おお》いことって、ただ人気者《にんきもの》になったって証《あかし》じゃなくて、お金《かね》をかせぐこともできるんだ。

「人気《にんき》が出《で》ればグッズ販売《はんばい》もできるし、商品《しょうひん》をＰＲ《ピーアール》して企業《きぎょう》からお金《かね》をもらうこともできる。プラットフォーム以外《いがい》からも、かせげる手段《しゅだん》が増《ふ》える」

どんな方法《ほうほう》でお金《かね》をかせぐとしても、チャンネル登録者数《とうろくしゃすう》を増《ふ》やすことは、はずせないってことだ。

「ということで、お金《かね》を集《あつ》めるためにも、やっぱり注目《ちゅうもく》を集《あつ》める派手《はで》な事件《じけん》が必要《ひつよう》だ」

明智先輩《あけちせんぱい》はなげくような声《こえ》をだした。

「もうっ！　また振《ふ》り出《だ》しに戻《もど》るのね！」

そんな派手《はで》な事件《じけん》が急《きゅう》に起《お》こるわけもないし、そう簡単《かんたん》に依頼《いらい》が舞《ま》い込《こ》むわけもない。

結局《けっきょく》、チャンネル登録者数《とうろくしゃすう》を増《ふ》やす手立《てだ》ては見《み》つからないまま、ミーティングは終了《しゅうりょう》した。

大《おお》きな壁《かべ》が目《め》の前《まえ》に現《あらわ》れ、初配信《はつはいしん》から部員《ぶいん》たちのなかで湧《わ》き上《あ》がっていた高揚感《こうようかん》が、がくりと落《お》ちたのはまちがいなかった。


週末《しゅうまつ》、佐々木彩《ささきあや》が所属《しょぞく》する事務所《じむしょ》のアーティストが出演《しゅつえん》するライブに招待《しょうたい》された。

アイドルを夢見《ゆめみ》る彩《あや》は、わたしのクラスメイトであり、なんでも話《はな》せる親友《しんゆう》だ。

彩《あや》は、本格的《ほんかくてき》にアイドルになる夢《ゆめ》を叶《かな》えるため、所属《しょぞく》していた合唱部《がっしょうぶ》を辞《や》め、芸能事務所《げいのうじむしょ》に入《はい》った。

今日《きょう》は、彩《あや》がアイドルになって初《はじ》めてのライブだから、ぜひ観《み》に来《き》てほしいと誘《さそ》われたのだった。

彩《あや》のライブに行《い》く話《はなし》を部室《ぶしつ》でしたところ、明智先輩《あけちせんぱい》を中心《ちゅうしん》に盛《も》り上《あ》がり、なぜだか、ほかのミス研部員《けんぶいん》もついてくることになった。というわけで、わたしたちミス研《けん》はそろって、学校近《がっこうちか》くの市民《しみん》ホールでおこなわれる彩《あや》たちのライブを楽《たの》しんでいた。

ステージ上《じょう》では、デニムのミニワンピースや、ヘソ出《だ》しトップスにショートパンツなどを合《あ》わせたクールなファッションの5人組《にんぐみ》アイドル『プレシャス5《ファイブ》』が、はげしくおどってい る。

センターでひときわ、輝《かがや》きを放《はな》つのは如月美雨《きさらぎみう》さんだ。

美雨《みう》さんはロングヘアをさっとかきあげ、肩《かた》のうしろへと髪《かみ》をまわし歌《うた》いだした。

「かんちがいしないで～♪　すべては自分《じぶん》のためなのよ～～♪

自分《じぶん》が自分《じぶん》らしくいるために～～♪　あなたのためじゃないんだから～～♪」

(カッコいい……！)

わたしは思《おも》わずあこがれのまなざしで、美雨《みう》さんを見《み》つめてしまう。

(あんなふうに、歌《うた》でみんなを惹《ひ》きつけられるなんてすごい……！)

ひときわきらびやかなアイドルオーラを放《はな》つ美雨《みう》さんのとなりには、彩《あや》の姿《すがた》もある。

美雨《みう》さんとはタイプがちがい、彩《あや》は愛嬌《あいきょう》たっぷりのかわいらしさを客席《きゃくせき》に振《ふ》りまいていた。

客席《きゃくせき》では、ファンの人《ひと》たちが、曲《きょく》のリズムに合《あ》わせて「チャッチャッ、チャチャチャッチャ」と色《いろ》とりどりのペンライトを揺《ゆ》らしている。

今日《きょう》のライブは彩《あや》が所属《しょぞく》する事務所《じむしょ》のライブであり、ほかのアーティストとの共同出演《きょうどうしゅつえん》だ。

おおぜいがライブをするため、まだデビュー前《まえ》のプレシャス5《ファイブ》が披露《ひろう》できたのは1曲《きょく》だけだった。それでも、美雨《みう》さんが放《はな》つ圧倒的《あっとうてき》オーラもあって、すでにデビューしている先輩《せんぱい》アイドルに負《ま》けない輝《かがや》きを放《はな》っていた。

プレシャス5《ファイブ》の生《なま》パフォーマンスを目《め》の前《まえ》で見《み》たわたしは、あこがれのまなざしでメンバーを見《み》つめる。


ライブが終《お》わり、わたしたちは楽屋《がくや》を訪《たず》ねた。

衣装《いしょう》を着《き》たままの彩《あや》が迎《むか》え入《い》れてくれる。

「みんな来《き》てくれたんだ～！　ありがとう！」

ライブの興奮冷《こうふんさ》めやらぬ彩《あや》は、舞《ま》い上《あ》がったようすで、わたしをぎゅっと強《つよ》くハグした。

「なかなかいいライブだったんじゃないか」

学校《がっこう》の有名人《ゆうめいじん》であり音楽《おんがく》にも詳《くわ》しい音宮先輩《おとみやせんぱい》にほめられ、彩《あや》もうれしそうに顔《かお》をほころばす。

「ありがとうございます！　音宮先輩《おとみやせんぱい》！」

「ほんとうにいいライブだったよ！」

わたしも音宮先輩《おとみやせんぱい》に続《つづ》けて、彩《あや》に拍手《はくしゅ》を送《おく》った。

「なになに？　彩《あや》の友達《ともだち》？」

わたしたちが話《はな》していると、やってきたのは美雨《みう》さんだった。

目《め》の前《まえ》で見《み》る美雨《みう》さんは、ステージよりも、さらに輝《かがや》きを放《はな》っている。

「はい！　あたしの中学《ちゅうがく》の友達《ともだち》なんです」

彩《あや》が美雨《みう》さんに、わたしたちを紹介《しょうかい》する。

「学校《がっこう》の子《こ》なんだ。わざわざ休《やす》みの日《ひ》に来《き》てくれるなんてうれしいな」

美雨《みう》さんは、アイドルスマイルをわたしたちに向《む》けた。

（まっ、まぶしい……）

その輝《かがや》きに、わたしは思《おも》わず、目《め》を閉《と》じてしまう。

「ほんとうにステキだったワ！　呼《よ》んでくれてありがとうございます。あの、よかったら、

これみなさんで食《た》べてください」

明智先輩《あけちせんぱい》は、お礼《れい》を言《い》いながらお菓子《かし》の入《はい》った小箱《こばこ》を美雨《みう》さんに渡《わた》した。

美雨《みう》さんが小箱《こばこ》を開《ひら》くと、そこには、いちごとスポンジケーキとクリームが何層《なんそう》にも重《かさ》ねられ透明《とうめい》なカップに入《い》れられた、カラフルなケーキがあった。

「わあ、かわいい！　これって手作《てづく》り？」

美雨《みう》さんに聞《き》かれた明智先輩《あけちせんぱい》は、得意《とくい》げに答《こた》えた。

「そう！　これはトライフルケーキっていう、イギリスの伝統的《でんとうてき》なお菓子《かし》なの。アガサ・クリスティー（*）の小説《しょうせつ》にも出《で》てくるのよ！　小説《しょうせつ》のなかでは毒《どく》が盛《も》られてたけど、ワタシはそんなことしないから安心《あんしん》して」

明智先輩《あけちせんぱい》の言葉《ことば》を聞《き》いて、美雨《みう》さんは顔《かお》をほころばす。

「推理小説好《すいりしょうせつず》きなんだね！」

「ええ、ワタシたちミス研《けん》の仲間《なかま》なのよ！」

「へえー、ミス研《けん》なんてカッコいいじゃん！」

＊「アガサ・クリスティー」…イギリスの推理作家《すいりさっか》。『そして誰《だれ》もいなくなった』『オリエント急行殺人事件《きゅうこうさつじんじけん》』など、推理小説《すいりしょうせつ》の金字塔《きんじとう》となる作品《さくひん》を多《おお》く生《う》み出《だ》した。

美雨《みう》さんはそう言《い》って、トライフルケーキを手《て》に取《と》った。

「ほんとうは、デビューに向《む》けてダイエット中《ちゅう》なんだけどね。でも、せっかく作《つく》ってくれたんだし、ちょっとぐらい、いいよね」

美雨《みう》さんは、ケーキをひと口《くち》食《た》べる。

と、その瞬間《しゅんかん》、美雨《みう》さんは苦《くる》しそうな顔《かお》で胸《むね》を押《お》さえた。

「うっ……ううっ……」

しゃがみこむ美雨《みう》さんに、あわてて明智先輩《あけちせんぱい》が駆《か》け寄《よ》る。

「どうしたの⁉　だいじょうぶかしら！　ワタシ、へんなものなんて入《い》れてないのに」

もしかして、毒《どく》……⁉と、あたりが騒然《そうぜん》とするなか、美雨《みう》さんは顔《かお》をあげて茶目《ちゃめ》っ気《け》たっぷりにほほえんだ。

「うそうそっ！　冗談《じょうだん》だよ。すっごくおいしい～。みんなも食《た》べてみなよ～」

美雨《みう》さんに言《い》われ、ほかのプレシャス5《ファイブ》のメンバーも、トライフルケーキを食《た》べはじめる。メンバーは口々《くちぐち》に「おいしい」「かわいい」と言《い》いながら、顔《かお》をほころばせてケーキをほおばる。

（美雨《みう》さんって、キラキラした芸能人《げいのうじん》オーラを放《はな》っているのにすごく親《した》しみやすい）

美雨《みう》さんが人気《にんき》の理由《りゆう》を垣間見《かいまみ》たような気《き》がした。

「すごい演技力《えんぎりょく》だね。ぼくもだまされそうだったよ」

絵夢《えむ》くんがほほえみながら声《こえ》をかけた。

その言葉《ことば》に絵夢《えむ》くんのほうを見《み》た美雨《みう》さんは、目《め》を見開《みひら》いた。

「えっ！　もしかして一色絵夢《いっしきえむ》！」

「えっ、ああ、そうだけど……」

美雨《みう》さんの勢《いきお》いのよさに、絵夢《えむ》くんは驚《おどろ》く。

「すっご〜い！　彩《あや》、彼《かれ》とも知《し》り合《あ》いなの？」

美雨《みう》さんは声《こえ》を弾《はず》ませて言《い》った。

「そうなんです！　同《おな》じ学校《がっこう》の先輩《せんぱい》です」

彩《あや》の説明《せつめい》を聞《き》き、美雨《みう》さんはうれしそうに続《つづ》けた。

「あの、わたし、すごく尊敬《そんけい》してるんです！　人《ひと》を惹《ひ》きつける魅力《みりょく》っていうんですか？　テレビ越《ご》しにも伝《つた》わってくるんですよね。わたしもあんなふうになりたいなって」

絵夢《えむ》くんは、少《すこ》し照《て》れくさそうに笑《わら》って言《い》った。

「ありがとう。美雨《みう》さんもすごくよかったよ」

美雨《みう》さんは、うれしそうに笑《わら》った。

やっぱり、大人気《だいにんき》俳優《はいゆう》の絵夢《えむ》くんはすごい。

芸能人《げいのうじん》オーラたっぷりの美雨《みう》さんから、尊敬《そんけい》されるなんて。

「ステキなお友達《ともだち》がいっぱいなんだね。彩《あや》は～」

美雨《みう》さんの言葉《ことば》に、彩《あや》はうれしそうに笑《わら》った。

「はいっ、みんないい友達《ともだち》です。みんなが応援《おうえん》してくれたおかげで、あたしもアイドルへの道《みち》を進《すす》めたんです」

美雨《みう》さんにそう伝《つた》えた彩《あや》の顔《かお》は、すごく輝《かがや》いていた。

デビューに向《む》けてがんばる毎日《まいにち》は、すごく充実《じゅうじつ》しているんだろうな。

幸《しあわ》せそうな彩《あや》が、うらやましかったんだ。


それから、約《やく》1週間《しゅうかん》が経《た》った。

学校《がっこう》へ行《い》くと、校舎《こうしゃ》の下《した》に生徒《せいと》たちが群《むら》がっていた。

屋上《おくじょう》からチラシのような紙《かみ》をばらまく人影《ひとかげ》がある。

チラシをまいていたのは、ハンチング帽《ぼう》にマントに下駄姿《げたすがた》の新聞部部長《しんぶんぶぶちょう》の西園寺《さいおんじ》タケルさんだ。

（まっ、まさか、西園寺砲《さいおんじほう》！）

西園寺《さいおんじ》さんは、風《かぜ》でマントをなびかせながら拡声器《かくせいき》を使《つか》って、なにやら叫《さけ》んでいる。

「号外《ごうがい》！　号外《ごうがい》！　ちまたを騒《さわ》がすV《ブイ》チューバー謎時《なぞとき》うさぎの真相《しんそう》にせまる」

（げげっ！　なんで、謎時《なぞとき》うさぎ？）

そういえば、後追《あとお》いで謎時《なぞとき》うさぎの記事《きじ》を書《か》くって言《い》ってたような。

なにが書《か》かれているか気《き》になり、わたしは足元《あしもと》に飛《と》んできた西園寺砲《さいおんじほう》を手《て》にとった。

見出《みだ》しには『謎時《なぞとき》うさぎの正体《しょうたい》、ついに判明《はんめい》！』と書《か》かれている。

（謎時《なぞとき》うさぎの正体《しょうたい》は花園中《はなぞのちゅう》のサッカー部員《ぶいん》……？）

あわてて読《よ》むが、そこに書《か》かれていた情報《じょうほう》はどれもこれもデタラメばかりだったんだ。

なにこれ……？と思《おも》ったとき、横《よこ》に立《た》っていた男子生徒《だんしせいと》が声《こえ》を漏《も》らした。

「ウソばっかだな」

つぶやいたのは、となりのクラスの横溝斗真《よこみぞとうま》くんだ。

合同《ごうどう》の体育《たいいく》の授業《じゅぎょう》があったときに、見《み》かけたことがあった。

たしかに西園寺砲《さいおんじほう》の中身《なかみ》はまちがいだらけだ。

でも、なぜまちがいだらけだって横溝《よこみぞ》くんにわかるのかな。

「なんで、記事《きじ》がウソだって、わかるの？」

不思議《ふしぎ》に思《おも》いながら尋《たず》ねたんだ。

「こないだ謎時《なぞとき》うさぎが解《と》いた事件《じけん》って、花園中《はなぞのちゅう》のサッカー部《ぶ》の事件《じけん》だったじゃん。だから、花園中《はなぞのちゅう》の友達《ともだち》に『謎時《なぞとき》うさぎって花園中《はなぞのちゅう》にいるの？』って聞《き》いたんだよ」

横溝《よこみぞ》くんが謎時《なぞとき》うさぎの正体《しょうたい》について探《さぐ》っていることにドキッとしたけど、平静《へいせい》を装《よそお》ってさらに質問《しつもん》を重《かさ》ねる。

「友達《ともだち》はなんて答《こた》えたの？」

「いないよって」

横溝《よこみぞ》くんの言葉《ことば》に、ホッとしたと同時《どうじ》に疑問《ぎもん》がわいた。

謎時《なぞとき》うさぎの正体《しょうたい》はバレてないはずなのに、なぜ花園中学《はなぞのちゅうがく》にいないとわかるのだろう。

「なんで、友達《ともだち》はいないってわかるの？　もしかして謎時《なぞとき》うさぎの正体知《しょうたいし》ってるの？」

「ああ、それは学校《がっこう》の外《そと》から花園中七不思議《はなぞのちゅうななふしぎ》について聞《き》き込《こ》みに来《き》ていた人《ひと》たちがいたからだって。友達《ともだち》はそいつらが謎時《なぞとき》うさぎの関係者《かんけいしゃ》だって思《おも》ったみたい。中学生《ちゅうがくせい》ぐらいだったらしいけど」

横溝《よこみぞ》くんの言葉《ことば》を聞《き》いて、正体《しょうたい》こそバレていないものの、聞《き》き込《こ》みに行《い》くときも注意《ちゅうい》しなきゃって改《あらた》めて感《かん》じた。

「謎時《なぞとき》うさぎの配信《はいしん》のあと、花園中《はなぞのちゅう》の前《まえ》で西園寺先輩《さいおんじせんぱい》が『謎時《なぞとき》うさぎの情報提供求《じょうほうていきょうもと》む』ってチラシを配《くば》ってるのを見《み》かけたんだ。有力《ゆうりょく》な情報《じょうほう》には謝礼金《しゃれいきん》を払《はら》うって言《い》ってたし、お金《かね》ほしさにウソの情報《じょうほう》を流《なが》したやつがいるんじゃないかな？」

「じゃあ、ウソの情報《じょうほう》を聞《き》いて、西園寺《さいおんじ》さんは花園中《はなぞのちゅう》のサッカー部員《ぶいん》に謎時《なぞとき》うさぎがいるって思《おも》いこんだんだね」

「おそらくね」

セレブの西園寺《さいおんじ》さんは、いつも大金《たいきん》で情報《じょうほう》を買《か》ってずるいと思《おも》っていた。でも、今《いま》みたいな話《はなし》を聞《き》くとお金目当《かねめあ》てに寄《よ》ってくる、ろくでもない人《ひと》たちもいて、お金《かね》持《も》ちもたいへんだなって思《おも》う。

ドヤ顔《がお》で号外《ごうがい》を配《くば》る西園寺《さいおんじ》さんが少《すこ》し悲《かな》しく見《み》えてきちゃった。

「横溝《よこみぞ》くんは、花園中《はなぞのちゅう》の近《ちか》くに住《す》んでるの？」

わたしがなにげなく発《はっ》した一言《ひとこと》に、横溝《よこみぞ》くんはびっくりしたようすで答《こた》えた。

「ぼくのこと知《し》ってるの？」

「うん、D組《ディーぐみ》の横溝《よこみぞ》くんだよね？　こないだの体育《たいいく》の合同授業《ごうどうじゅぎょう》のとき、サッカーでゴール決《き》めてたでしょ？」

「ああ、ぼく、小学校《しょうがっこう》の時《とき》にサッカーチームに入《はい》ってたから、サッカーは得意《とくい》なんだ。えっと……キミは……」

「わたしは1年C組《ねんシーぐみ》の月島奏《つきしまかなで》だよ。よろしくね」

「うん、よろしく」

横溝《よこみぞ》くんは、笑顔《えがお》で手《て》を差《さ》し伸《の》べて握手《あくしゅ》を求《もと》めた。

「ぼく、花園小《はなぞのしょう》の出身《しゅっしん》なんだ。でも、花園小《はなぞのしょう》の学区《がっく》から歌川中学《うたがわちゅうがく》までは少《すこ》し遠《とお》いだろ。歌《うた》川中《がわちゅう》に進学《しんがく》する友達《ともだち》が少《すく》なくて、あんまり知《し》り合《あ》いもいないんだよね。だから、キミみたいに声《こえ》をかけてくれる人《ひと》がいるとうれしいんだよね」

わたしたちは、となりのクラスということもあり、教室《きょうしつ》までの道《みち》のりを並《なら》んで歩《ある》いた。

「友達《ともだち》も一気《いっき》に減《へ》っちゃったし、受験《じゅけん》も終《お》わって時間《じかん》ができたから、最近《さいきん》は、いろいろと新《あたら》しいことに挑戦《ちょうせん》してるんだよ」

横溝《よこみぞ》くんは、うれしそうに話《はな》しはじめた。

「新《あたら》しいことって？」

わたしが聞《き》き返《かえ》すと、横溝《よこみぞ》くんは、言葉《ことば》をにごしながら言《い》った。

「習《なら》い事《ごと》みたいな感《かん》じかな。でも、なにをやってるかは、まだ恥《は》ずかしくて言《い》えないんだ。もう少《すこ》し、うまくいったら教《おし》えてあげるよ。楽《たの》しみにしてて」

横溝《よこみぞ》くんは、わくわくした顔《かお》で言《い》う。

なんの習《なら》い事《ごと》かはわからないけれど、きっと、横溝《よこみぞ》くんにとっては新《あら》たなはじまりなんだ。

（わたしの謎時《なぞとき》うさぎみたいな感《かん》じかな？）

横溝《よこみぞ》くんと別《わか》れたわたしが教室《きょうしつ》へ入《はい》ると、教室内《きょうしつない》は西園寺砲《さいおんじほう》の話題《わだい》で持《も》ちきりだった。

その日《ひ》は、みんなが謎時《なぞとき》うさぎについて話《はな》していることにドキドキしたものの、謎時《なぞとき》うさぎは花園中《はなぞのちゅう》サッカー部員《ぶいん》という見当《けんとう》ちがいの方向《ほうこう》で盛《も》り上《あ》がっているなら、それはそれで、いい隠《かく》れ蓑《みの》になる気《き》がした。

でも、音宮先輩《おとみやせんぱい》はそう思《おも》っていなかったようで……。

「これ見《み》たか？　西園寺砲《さいおんじほう》！」

放課後《ほうかご》、部室《ぶしつ》に集《あつ》まったミス研部員《けんぶいん》の前《まえ》に、音宮先輩《おとみやせんぱい》は西園寺砲《さいおんじほう》を突《つ》き出《だ》した。

「ああ、これね！　見《み》たわよ！　別《べつ》にいいんじゃない？　このおかげで謎時《なぞとき》うさぎが歌川中《うたがわちゅう》にいるって疑《うたが》われないんだから！」

明智先輩《あけちせんぱい》が、のんびり紅茶《こうちゃ》を飲《の》みながら言《い》った。

「それは、考《かんが》えが甘《あま》いんじゃないか？」

「どういうことかしら？」

音宮先輩《おとみやせんぱい》の反論《はんろん》に、明智先輩《あけちせんぱい》は不思議《ふしぎ》そうな顔《かお》で聞《き》き返《かえ》した。

「今《いま》は花園中《はなぞのちゅう》に謎時《なぞとき》うさぎがいると盛《も》り上《あ》がっている。でもな、それがガセだって知《し》れたら、これまで謎時《なぞとき》うさぎが、謎解《なぞと》き配信《はいしん》をした別《べつ》の中学《ちゅうがく》が疑《うたが》われるだろう。そのなかには歌川中《うたがわちゅう》も含《ふく》まれている。歌川中学校《うたがわちゅうがっこう》のなかに謎時《なぞとき》うさぎがいるとバレるのは、時間《じかん》の問題《もんだい》だ」


音宮先輩《おとみやせんぱい》の言《い》うことは、まちがってはいない。

謎時《なぞとき》うさぎはこれまでに3件《けん》しか謎《なぞ》を解《と》いていない。

それも、すべて近隣《きんりん》の中学校《ちゅうがっこう》にまつわる謎《なぞ》だ。

いつ、歌川中《うたがわちゅう》に謎時《なぞとき》うさぎがいるって思《おも》われてもおかしくない。

「ということで、今後《こんご》は一同《いちどう》、気《き》を引《ひ》き締《し》めて行動《こうどう》するように！」

音宮先輩《おとみやせんぱい》の強《つよ》い口調《くちょう》に、部室内《ぶしつない》はピリリとした空気《くうき》に包《つつ》まれた。

その空気《くうき》を引《ひ》き裂《さ》くように、突然《とつぜん》、バタン！と音《おと》がして部室《ぶしつ》の扉《とびら》が開《ひら》かれた。


「お願《ねが》い、助《たす》けて！」


そこにいたのは彩《あや》だった。

工藤《くどう》くんがあわてて作業中《さぎょうちゅう》のパソコンを閉《と》じる。

明智先輩《あけちせんぱい》も急《いそ》いで『謎時《なぞとき》うさぎ』について書《か》かれたホワイトボードを消《け》した。

「どっ、どうしたの⁉」

わたしは彩《あや》に近《ちか》づき、声《こえ》をかける。

「あっ、ごめん。あたしノックもせずに急《きゅう》に入《はい》ってきちゃって……あの、気《き》が動《どう》転《てん》して……」

ライブのときの、堂々《どうどう》とした彩《あや》とはまるで別人《べつじん》だった。

(なにがあったんだろう……)

明智先輩《あけちせんぱい》は、動揺《どうよう》する彩《あや》にやさしい声《こえ》をかけた。

「いいのよ。誰《だれ》にだって助《たす》けてほしいときってあるわよね。なにがあったか、話《はな》してちょうだい」

そう言《い》って明智先輩《あけちせんぱい》は、席《せき》に座《すわ》るようにうながした。

彩《あや》は明智先輩《あけちせんぱい》のおだやかな対応《たいおう》に心《こころ》が

落《お》ち着《つ》いたようで、部室《ぶしつ》のいすに座《すわ》ってゆっくりと話《はな》しはじめた。

「実《じつ》は……、依頼《いらい》があって……」

彩《あや》は深呼吸《しんこきゅう》をして言《い》った。


「美雨《みう》さんがいなくなったんです」


ミス研《けん》の部員《ぶいん》たちは息《いき》をのんだ。

「いなくなったって、どういうことだ？」

音宮先輩《おとみやせんぱい》が、みんなを代表《だいひょう》するように聞《き》いた。

「こないだのライブの前《まえ》から、少《すこ》しようすがおかしかったんです。話《はなし》をしても上《うわ》の空《そら》で、考《かんが》えごとをしてるときが多《おお》くって。だからって、そこまで気《き》にしてなかったんです。でも……、ライブが終《お》わった次《つぎ》の日《ひ》から、連絡《れんらく》がとれなくって。電話《でんわ》も通《つう》じないし、チャットも既読《きどく》にならないし……」

彩《あや》は吐《は》き出《だ》すように続《つづ》けた。

「さっき連絡《れんらく》があったんです。美雨《みう》さんの家《いえ》に向《む》かった『プレシャス5《ファイブ》』のメンバーから、家《いえ》の中《なか》は荷物《にもつ》がなくなって空《から》っぽだったたって……」

メンバーから連絡《れんらく》をもらった彩《あや》は、あわててミス研《けん》の部室《ぶしつ》に飛《と》び込《こ》んできたというわけだ。

「マネージャーも、なんで、美雨《みう》さんがいなくなったのか知《し》らないみたいで。あたし、どうしたらいいかわからなくって……」

彩《あや》の顔色《かおいろ》がどんどん悪《わる》くなっていく。

「このままじゃ、プレシャス5《ファイブ》のデビューもダメになっちゃうかも……」

そこまで言《い》った彩《あや》は顔《かお》を上《あ》げて、わたしたち、ひとりひとりの顔《かお》を見回《みまわ》した。

「そのときに、思《おも》い出《だ》したのがミス研《けん》のみなさんです。きっと、ミス研《けん》のみなさんならあたしたちを救《すく》ってくれるはず！　あたしたちには美雨《みう》さんが必要《ひつよう》なんです！」

彩《あや》の言《い》うことはもっともだ。

プレシャス5《ファイブ》は美雨《みう》さんあってのグループなのは、誰《だれ》の目《め》から見《み》ても明《あき》らかだった。

もちろん、美雨《みう》さん以外《いがい》もがんばっている。

ただ、美雨《みう》さんがいないと輝《かがや》きが格段《かくだん》に減《へ》ってしまうことはまちがいない。

「お願《ねが》いです！　美雨《みう》さんを見《み》つけてください」

彩《あや》は頭《あたま》を下《さ》げた。

わたしたちに、彩《あや》のお願《ねが》いを断《ことわ》る理由《りゆう》なんてない。

彩《あや》は、美雨《みう》さんを見《み》つけたい。

わたしたちは、話題性《わだいせい》のあるネタがほしい。

美雨《みう》さんは、アイドルとしてはデビュー前《まえ》だけど、子役《こやく》として活動《かつどう》していたので、芸能界《げいのうかい》のキャリアはすごく長《なが》い。おまけに今《いま》は、人気《にんき》アニメの声優《せいゆう》もしているし、話題《わだい》の人物《じんぶつ》だ。

理由《りゆう》はそれだけじゃない。わたしは彩《あや》を助《たす》けたかった。

「……わかった」

音宮先輩《おとみやせんぱい》は、真剣《しんけん》な表情《ひょうじょう》で話《はな》しはじめた。

「その依頼《いらい》、おれたちミス研《けん》が引《ひ》き受《う》ける」

わたしは、音宮先輩《おとみやせんぱい》が引《ひ》き受《う》けてくれたことにホッとした。

「ただし、条件《じょうけん》がある」

音宮先輩《おとみやせんぱい》の言葉《ことば》に、彩《あや》は少《すこ》しだけおびえた表情《ひょうじょう》になる。

わたしも、なにを言《い》い出《だ》すか不安《ふあん》だった。

彩《あや》は、おそるおそる音宮先輩《おとみやせんぱい》に聞《き》いた。

「条件《じょうけん》ですか?」

音宮先輩《おとみやせんぱい》はうなずき答《こた》えた。

「事件《じけん》の内容《ないよう》を、おれの知《し》り合《あ》いのV《ブイ》チューバーを通《つう》じて配信《はいしん》させてもらう。それが条件《じょうけん》だ。それさえのめば報酬《ほうしゅう》もなにもいらない」

彩《あや》は少《すこ》し考《かんが》えたように言《い》った。

「……わかりました！　その条件《じょうけん》、のみます」

こうしてわたしたちミス研《けん》は、『如月美雨失踪事件《きさらぎみうしっそうじけん》』に取《と》り組《く》むことになった。

第《だい》2章《しょう》

セレブアイドル誕《たん》生《じょう》!?

翌日《よくじつ》、学校《がっこう》が休《やす》みだったので、わたしたちは朝《あさ》から美雨《みう》さんのアパートへと向《む》かった。

美雨《みう》さんはまだ18歳《さい》だが、地方《ちほう》から上京《じょうきょう》していることもあり、親《おや》の同意《どうい》をもらって、アパートを借《か》り、ひとり暮《ぐ》らしをしていた。

「質素《しっそ》なアパートだな」

美雨《みう》さんのアパートの前《まえ》に着《つ》いた音宮先輩《おとみやせんぱい》が、木造《もくぞう》2階建《かいだ》てのアパートを見《み》てつぶやく。

「駅《えき》からも遠《とお》いし、この古《ふる》さだし、家賃《やちん》も高《たか》くなさそうねぇ」

明智先輩《あけちせんぱい》もアパートをじろじろと見《み》ながら言《い》った。

「美雨《みう》さんに聞《き》いた話《はなし》だと、家《いえ》が貧《まず》しくて、子《こ》どもでもかせげる仕事《しごと》を探《さが》していて芸能界《げいのうかい》に足《あし》を踏《ふ》み入《い》れたみたいです。家《いえ》に仕送《しおく》りもしてたみたいで、節約《せつやく》してるって何度《なんど》か聞《き》いたことがあります」

美雨《みう》さんが心配《しんぱい》で、アパートまでいっしょに来《き》ていた彩《あや》が答《こた》えた。

美雨《みう》さんは、親《おや》の同意《どうい》を得《え》てのひとり暮《ぐ》らしとはいえ、自分《じぶん》でかせいだお金《かね》でアパートの家賃《やちん》を払《はら》っていたようだ。

（美雨《みう》さんもたいへんな思《おも》いをしてたんだな）

いつもキラキラと輝《かがや》いている美雨《みう》さんからは、想像《そうぞう》できない話《はなし》だった。

「芸能界《げいのうかい》は苦労人《くろうにん》が多《おお》いからね」

絵夢《えむ》くんは、ぽつりとつぶやく。

長年《ながねん》、芸能界《げいのうかい》にいる絵夢《えむ》くんもなにか思《おも》い当《あ》たることがあるのだろう。

(華《はな》やかな芸能界《げいのうかい》の人《ひと》たちも、裏《うら》では苦労《くろう》してるんだ……)

少《すこ》しだけ芸能界《げいのうかい》の裏側《うらがわ》をのぞいた気《き》がした。


わたしたちはすぐに調査《ちょうさ》を開始《かいし》した。

アパートの外付《そとづ》けの階段《かいだん》を上《のぼ》って、2階《かい》のいちばん奥《おく》の美雨《みう》さんの部屋《へや》に向《む》かう。

先頭《せんとう》を歩《ある》いていた明智先輩《あけちせんぱい》が、コンコン!と扉《とびら》をノックした。

部屋《へや》の中《なか》からはなんの返事《へんじ》もない。

(やっぱり、美雨《みう》さんはもういないのかな?)

わたしたちは、プレシャス5《ファイブ》のマネージャーを通《とお》して手《て》に入《い》れていた合鍵《あいかぎ》を使《つか》って中《なか》へと入《はい》る。

「おじゃまするワね!」

先《さき》に入《はい》った明智先輩《あけちせんぱい》に続《つづ》いて、わたしたちも順《じゅん》に足《あし》を踏《ふ》み入《い》れる。

「やっぱり、なにも残《のこ》ってないワね」

明智先輩《あけちせんぱい》の言葉《ことば》に、アパートの中《なか》を見渡《みわた》す。

部屋《へや》はキレイに片付《かたづ》けられており、すっかり物《もの》がなくなっていた。

「ここからなにか手《て》がかりを見《み》つけるのは難《むずか》しそうだな」

音宮先輩《おとみやせんぱい》は、部屋《へや》の中《なか》を見渡《みわた》し、首《くび》をひねる。

そのとき……。

「これって……」

部屋《へや》の片隅《かたすみ》にいた工藤《くどう》くんが、なにかを見《み》つけたようだった。

工藤《くどう》くんは、しゃがみこみ小《ちい》さな紙《かみ》を1枚《まい》拾《ひろ》い上《あ》げる。

「コンビニのレシートみたいです。美雨《みう》さんが買《か》い物《もの》したものですかね？　サラダ、サンドイッチ、ヨーグルト……」

そこまで工藤《くどう》くんが言《い》ったとき、彩《あや》が声《こえ》をあげた。

「もしかして、シーザーサラダとたまごサンドとアロエヨーグルト……？」

工藤《くどう》くんは不思議《ふしぎ》そうにレシートを見《み》て言《い》った。

「ええ、そうですけど……」

「それ、いつも美雨《みう》さんが食《た》べてるもの！」

工藤《くどう》くんは、改《あらた》めてレシートをまじまじとながめながら続《つづ》けた。

「だったら、やっぱり、美雨《みう》さんの購入《こうにゅう》したもののレシートですね。日付《ひづけ》は9日前《かまえ》、ぼくたちがライブに行《い》った2日前《かまえ》です」

なにかを思《おも》い出《だ》したかのように、彩《あや》は話《はな》しだした。

「2日前《かまえ》？　それってライブ直前《ちょくぜん》の最終練習《さいしゅうれんしゅう》の日《ひ》だね」

彩《あや》はなにか思《おも》い当《あ》たることがあるように続《つづ》けた。

「あの日《ひ》、レッスンが夜遅《よるおそ》く終《お》わったんだよ。だから、みんな家《いえ》に帰《かえ》ると思《おも》ったんだ。でも、美雨《みう》さんはいつもと反対方向《はんたいほうこう》の電車《でんしゃ》に乗《の》って帰《かえ》っちゃった。こんな時間《じかん》にどこ行《い》くんだろうって不思議《ふしぎ》に思《おも》った覚《おぼ》えがある」

音宮先輩《おとみやせんぱい》は「なるほど」とうなずいて言《い》った。

「その頃《ころ》には、もう別《べつ》の場所《ばしょ》に引《ひ》っ越《こ》していたんだな」

たしかに、これだけキレイに片付《かたづ》けられていれば、夜逃《よに》げや誘拐《ゆうかい》などではなく、自《みずか》らの意《い》思《し》で引《ひ》っ越《こ》したと考《かんが》えるのが自然《しぜん》だ。

「引《ひ》っ越《こ》したあとに、荷物《にもつ》かなにかを取《と》りに、美雨《みう》さんは、一度《いちど》、この部屋《へや》に戻《もど》ったんだろう。レシートはそのときにでも落《お》ちたんだろうな」

音宮先輩《おとみやせんぱい》が言《い》い終《お》えると、レシートを見《み》ていた工藤《くどう》くんが、ふたたび、口《くち》を開《ひら》いた。

「このレシートに記載《きさい》されている購入時間《こうにゅうじかん》は、23時《じ》12分《ふん》。レッスン後《ご》に購入《こうにゅう》したようですね」

食《た》べ物屋《ものや》さんは、閉《し》まっている時間《じかん》だ。

コンビニで夕飯《ゆうはん》でも買《か》ったのかな。

「で、肝心《かんじん》の店《みせ》の場所《ばしょ》はどこだ？　そこが美雨《みう》さんの引《ひ》っ越《こ》し先《さき》の可能性《かのうせい》が高《たか》い」

音宮先輩《おとみやせんぱい》が聞《き》くと、工藤《くどう》くんが答《こた》えた。

「白金町《しろがねちょう》のコンビニです」

工藤《くどう》くんの言葉《ことば》に、明智先輩《あけちせんぱい》は驚《おどろ》いたように言《い》う。

「白金町《しろがねちょう》って高級住宅街《こうきゅうじゅうたくがい》じゃない！　この木造《もくぞう》アパートから、そんな高級住宅街《こうきゅうじゅうたくがい》に引《ひ》っ越《こ》したってこと？」

「ええ、そう考《かんが》えるのが自然《しぜん》ですね」

明智先輩《あけちせんぱい》の質問《しつもん》に、工藤《くどう》くんはおそらくといったようすで答《こた》えた。

（高級住宅街《こうきゅうじゅうたくがい》へ引《ひ》っ越《こ》し!?）

ありえない気《き》もしたけれど、ほかの手《て》がかりもなかった。

なにが見《み》つかるかわからないけれど、わたしたちはまず白金町《しろがねちょう》のコンビニへと向《む》かうことにした。


歌川駅《うたがわえき》から3駅離《えきはな》れた白金町駅《しろがねちょうえき》まで、わたしたちは電車《でんしゃ》に揺《ゆ》られた。

その道中《どうちゅう》、となりに座《すわ》った工藤《くどう》くんがスマホの画面《がめん》を見《み》せてきた。

「これ、どう思《おも》いますか？」

スマホに映《うつ》し出《だ》されているのは、美雨《みう》さんのSNS《エスエヌエス》の画面《がめん》だった。

「美雨《みう》さんの自撮《じど》りだね」

わたしたちが観《み》にいったライブのあとみたい。

『最高《さいこう》のライブだったよ！　おーえん、アリガトウございます〜！』

と、美雨《みう》さんのコメントが書《か》かれている。

「この写真《しゃしん》がどうかしたの？」

わたしが聞《き》くと、工藤《くどう》くんは真剣《しんけん》な表情《ひょうじょう》で答《こた》えた。

「この写真《しゃしん》が撮《と》られたのは、おそらくライブ会場《かいじょう》から白金町《しろがねちょう》の自宅《じたく》へ向《む》かう帰宅途中《きたくとちゅう》だと

思《おも》われます」

美雨《みう》さんのうしろに映《うつ》るのは住宅街《じゅうたくがい》の一本道《いっぽんみち》だ。

特徴的《とくちょうてき》な家《いえ》があるわけでもないし、住所《じゅうしょ》がわかるような看板《かんばん》が立《た》っているわけでもない。

美雨《みう》さんの居場所《いばしょ》の特定《とくてい》につながるようなものは、なにもない気《き》がした。

なぜ、この投稿《とうこう》を見《み》せたのかわからずにいると、工藤《くどう》くんが続《つづ》けた。

「なにか気《き》づきません？」

「なにかって……」

「拡大《かくだい》してみてください」

「拡大《かくだい》？」

「はい、美雨《みう》さんの瞳《ひとみ》を……」

言《い》われた通《とお》り、美雨《みう》さんの瞳《ひとみ》を拡大《かくだい》する。

すると、そこに映《うつ》っていたのは……。

「なにこれ……?」

美雨《みう》さんの瞳《ひとみ》の中《なか》には、水色《みずいろ》、ピンク、黄色《きいろ》に光《ひか》るなにかがある。

文字《もじ》が書《か》かれているけど、なんと書《か》かれているかまでは読《よ》み取《と》れない。

「これって、もしかして看板《かんばん》のネオン?」

「ええ、ぼくもそう思《おも》います」

そう言《い》うと、工藤《くどう》くんは、スマホをタップしはじめた。

「この写真《しゃしん》は21時《じ》3分《ぷん》に投稿《とうこう》されています。写真《しゃしん》を撮《と》ったのが投稿《とうこう》の直前《ちょくぜん》だとすると、白金町《しろがねちょう》の住宅街《じゅうたくがい》にある21時過《じす》ぎまで営業《えいぎょう》しているお店《みせ》の看板《かんばん》ではないでしょうか。住宅街《じゅうたくがい》にあるので、レストランやバー的《てき》なものと仮定《かてい》して調《しら》べていけば、美雨《みう》さんの居場所《いばしょ》はある程《てい》度《ど》しぼれる気《き》がします」

そこまでわかれば、美雨《みう》さんの居場所《いばしょ》も、もうすぐそこな気《き》がした。

「すごいね！　工藤《くどう》くん！」

わたしは思《おも》わず電車《でんしゃ》の中《なか》で大《おお》きな声《こえ》を出《だ》してしまう。

その声《こえ》に反応《はんのう》して、ミス研《けん》のみんなと彩《あや》が、いっせいにわたしを見《み》た。

「ごっ、ごめんなさい……大《おお》きな声出《こえだ》しちゃって。あの、工藤《くどう》くんが美雨《みう》さんの居場所《いばしょ》につながる情報《じょうほう》を見《み》つけてくれて……」

わたしがそこまで言《い》うと、音宮先輩《おとみやせんぱい》が食《く》い気味《ぎみ》に聞《き》いた。

「なんだ？」

工藤《くどう》くんは、さっきわたしに伝《つた》えた推理《すいり》をみんなにも披露《ひろう》した。

「なるほど、その推理《すいり》が正《ただ》しければ、ずいぶんと居場所《いばしょ》は限定《げんてい》されるな」

音宮先輩《おとみやせんぱい》は納得《なっとく》したようにうなずく。

「で、その看板《かんばん》がどこにあるのかわかるのか？」

音宮先輩《おとみやせんぱい》の質問《しつもん》に、工藤《くどう》くんは自信《じしん》たっぷりに言《い》った。

「それも目星《めぼし》はついてます。白金町《しろがねちょう》で21時以降《じいこう》に営業《えいぎょう》している飲食店《いんしょくてん》を調《しら》べました。これだと結構《けっこう》な数《かず》の店《みせ》が当《あ》てはまりますが、住宅街《じゅうたくがい》に位置《いち》している店《みせ》、美雨《みう》さんが買《か》い物《もの》していたコンビニからもさほど離《はな》れていない店《みせ》と考《かんが》えると、1軒《けん》にしぼられます」

そこまで言《い》った工藤《くどう》くんは、スマホで画像《がぞう》を見《み》せた。

画像《がぞう》には『エリクシル』という名《な》のバーが映《うつ》っていた。

そして、バーの看板《かんばん》は文字《もじ》が水色《みずいろ》、ピンク、黄色《きいろ》のネオンで光《ひか》っていた。

「すごいワね！　ここを目指《めざ》せば美雨《みう》さんがいるかもってことよね」

明智先輩《あけちせんぱい》がうれしそうに言《い》う。

「ええ、その可能性《かのうせい》は高《たか》いですね」

工藤《くどう》くんは、力強《ちからづよ》くうなずいた。

「やっぱり、ミス研《けん》に頼《たの》んでよかった！　きのうの今日《きょう》でここまでわかるなんてすごい！」

彩《あや》もうれしそうに声《こえ》をあげた。


白金町駅《しろがねちょうえき》へと着《つ》いたわたしたちは、さっそく、エリクシルへと向《む》かった。

途中《とちゅう》で、美雨《みう》さんが買《か》い物《もの》をしたと思《おも》われるコンビニも見《み》かけた。

やっぱり、美雨《みう》さんが近《ちか》くにいるのはまちがいなさそうだ。

「ここら辺《へん》はおそらく如月美雨《きさらぎみう》の生活圏内《せいかつけんない》だ。どこにいてもおかしくないな」

音宮先輩《おとみやせんぱい》が、あたりを見渡《みわた》して言《い》った。

エリクシルのまわりには住宅街《じゅうたくがい》が広《ひろ》がっていた。

美雨《みう》さんが、ひとり暮《ぐ》らしを続《つづ》けているならば、引《ひ》っ越《こ》したのは一軒家《いっけんや》ではないだろうと、アパートやマンションを見張《みは》り、1時間《じかん》ほどしたとき……。

「あっ、あれ……!」

彩《あや》が、高級《こうきゅう》そうなマンションから出《で》てきたひとりの女性《じょせい》を指《ゆび》さした。


「みっ、美雨《みう》さん……!」


わたしは、思《おも》わず大《おお》きな声《こえ》を出《だ》してしまう。

黒《くろ》かった髪《かみ》をピンクに染《そ》め、派手《はで》なネイルをし、高級《こうきゅう》そうな服《ふく》を着《き》ている。

でも、あれはまちがいなく美雨《みう》さんだった。

と、そのとき、絵夢《えむ》くんが人《ひと》さし指《ゆび》を口《くち》の前《まえ》に立《た》てて「しっ!」と声《こえ》を出《だ》した。

「静《しず》かに! 見《み》つからないようにしたほうがいい。誰《だれ》にも言《い》わずに引《ひ》っ越《こ》すなんてきっと、なにかわけがあるんだよ。声《こえ》をかけても逃《に》げられるだけだ」

絵夢《えむ》くんの言葉《ことば》に、美雨《みう》さんの元《もと》に駆《か》け寄《よ》ろうとしていた彩《あや》も足《あし》を止《と》めた。

「ああ、一色《いっしき》の言《い》う通《とお》りだ。気《き》づかれないほうがいい」

音宮先輩《おとみやせんぱい》も、絵夢《えむ》くんと同《おな》じ意見《いけん》のようだ。

(きっと、なにか理由《りゆう》があるんだ……)

絵夢《えむ》くんの言《い》う通《とお》りだと思《おも》ったわたしと彩《あや》は、美雨《みう》さんに声《こえ》をかけずに黙《だま》ってあとをつけていくことにした。

「なんか美雨《みう》さん、雰囲気《ふんいき》変《か》わっちゃったワね」

美雨《みう》さんの尾行《びこう》を続《つづ》けていると、明智先輩《あけちせんぱい》がつぶやいた。

たしかにいつもは、あんな派手《はで》な服装《ふくそう》はしていない。

前《まえ》に見《み》た私服《しふく》も、パーカーにデニムのズボンというアイドルらしからぬかっこうだった。

「ファッションセンスが変《か》わっただけには見《み》えないワね！　あのバッグも10代《だい》が買《か》えない高《こう》級《きゅう》ブランドだし、急《きゅう》にお金《かね》を手《て》に入《い》れて派手《はで》になったとしか思《おも》えないワ！」

いつもとんちんかんな推理《すいり》をする明智先輩《あけちせんぱい》が、もっともらしいことを言《い》った。

誰《だれ》から見《み》ても、今《いま》の美雨《みう》さんはお金持《かねも》ちに見《み》えた。

それもそのはず、だって、あんな高級《こうきゅう》マンションに住《す》んでるんだから……。

「もしかして、パパ活《かつ》かしら！」

明智先輩《あけちせんぱい》は言《い》う。

パパ活《かつ》とは、大人《おとな》の男性《だんせい》とデートするのと引《ひ》き換《か》えに、お金《かね》を援助《えんじょ》してもらうことだ。

（まさか、でも、そんな美雨《みう》さんが……）

「ありえない！　絶対《ぜったい》にありえないです！」

声《こえ》をあげたのは彩《あや》だった。

「美雨《みう》さんは、これまで一生懸命《いっしょうけんめい》働《はたら》いて、そのお金《かね》でがんばって家族《かぞく》にも仕送《しおく》りしてたんです。そんな、いきなりパパ活《かつ》なんてこと……」

明智先輩《あけちせんぱい》は推理《すいり》をやめなかった。

「じゃあ、闇《やみ》バイトかしら！」

闇《やみ》バイトとは、法《ほう》に触《ふ》れちゃうような危《あぶ》ないバイトのことだ。

「もっとありえないですよ！　美雨《みう》さん、ちょっと抜《ぬ》けてるところあるけど、それでも悪《わる》いことは絶対《ぜったい》にしない人《ひと》です！」

またしても彩《あや》は言《い》い返《かえ》す。

わたしも彩《あや》と同《おな》じ意見《いけん》だ。ライブ会場《かいじょう》で会《あ》った美雨《みう》さんは、純粋《じゅんすい》な人《ひと》に見《み》えた。だまされて危《あぶ》ない橋《はし》を渡《わた》ることはあっても、自《みずか》ら悪《わる》いことはしない気《き》がする。

「わかんないワよ！　芸能界《げいのうかい》で働《はたら》いたお金《かね》だけじゃ、生活費《せいかつひ》が足《た》りなくなったってこともあるかもしれないじゃない」

明智先輩《あけちせんぱい》が声《こえ》を荒《あら》らげたとき、黙《だま》って聞《き》いていた絵夢《えむ》くんが口《くち》をはさむ。

「まあ、アイドルってのは、簡単《かんたん》にかせげる仕事《しごと》じゃないのはまちがいないよ。でも、なにが起《お》こるかわからないのが芸能界《げいのうかい》。パパ活《かつ》や闇《やみ》バイトなんてしなくても、突然《とつぜん》、お金《かね》が入《はい》るってことはあるんじゃないかな」

明智先輩《あけちせんぱい》は、絵夢《えむ》くんの言葉《ことば》に妙《みょう》に納得《なっとく》したように言《い》った。

「それもそうね。あなたの言《い》う通《とお》りかも」

子《こ》どもの頃《ころ》から、芸能界《げいのうかい》にいる絵夢《えむ》くんの言葉《ことば》に、明智先輩《あけちせんぱい》も説得力《せっとくりょく》を感《かん》じたようだ。

「おいっ！　動《うご》きがあったぞ」

音宮先輩《おとみやせんぱい》の言葉《ことば》に美雨《みう》さんを見《み》る。

美雨《みう》さんは一軒《いっけん》の店《みせ》へと入《はい》ろうとしていた。

高級《こうきゅう》スーパーだ。

海外《かいがい》から輸入《ゆにゅう》しためずらしい食材《しょくざい》なども多《おお》く取《と》り扱《あつか》っており、値段《ねだん》が高《たか》いことで知《し》られている店《みせ》だった。

「高級《こうきゅう》スーパー……。やっぱり、金《かね》を持《も》っているのはまちがいなさそうだな」

そうは言《い》いながらも、音宮先輩《おとみやせんぱい》も美雨《みう》さんがお金《かね》を手《て》に入《い》れた理由《りゆう》はわからないようで首《くび》をひねっている。

30分後《ぶんご》、美雨《みう》さんは、両手《りょうて》いっぱいの荷物《にもつ》を抱《かか》えてスーパーから出《で》てきた。

すぐに帰《かえ》るかと思《おも》いきや、美雨《みう》さんはスーパーの前《まえ》にある銀行《ぎんこう》へと入《はい》っていった。

銀行《ぎんこう》のガラス面《めん》から中《なか》をのぞくと、ATM《エーティーエム》でどこかにお金《かね》を振《ふ》り込《こ》んでいるようだった。

はっきりと見《み》えないが、10万円以上《まんえんいじょう》は振《ふ》り込《こ》んだように見《み》える。

「休《やす》みの日《ひ》にATM《エーティーエム》を使《つか》うなんて、時間外手数料《じかんがいてすうりょう》(*)とられちゃうんじゃないの⁉」

明智先輩《あけちせんぱい》は驚《おどろ》いたように言《い》った。

「あれだけ高級《こうきゅう》なマンションに住《す》んでるんだから、ATM《エーティーエム》の手数料《てすうりょう》なんて気《き》にしないだろ」

音宮先輩《おとみやせんぱい》は冷静《れいせい》に突《つ》っ込《こ》む。

と、そのとき、彩《あや》が大《おお》きな声《こえ》を出《だ》した。

「やっぱり、おかしいですよ！　美雨《みう》さん、ぜんぜん変《か》わっちゃって……」

彩《あや》の言葉《ことば》は切実《せつじつ》だった。

突如《とつじょ》、変《か》わった美雨《みう》さんを受《う》け入《い》れられないみたいだ。

それは、わたしも同《おな》じだった。

なんのきっかけもなしに、人《ひと》が変《か》わるなんておかしい。なにか理由《りゆう》があるはずだ。

「彩《あや》の言《い》う通《とお》りです！　なにか事件《じけん》に関《かか》わってたらどうするんですか？　このまま放《ほう》っておくなんてできない。声《こえ》をかけましょう」

わたしは音宮先輩《おとみやせんぱい》と絵夢《えむ》くんに向《む》かって言《い》った。

音宮先輩《おとみやせんぱい》は首《くび》を横《よこ》に振《ふ》る。

「ダメだ！　ここで声《こえ》をかけて逃《に》げられたら、おまえたちは後悔《こうかい》するに決《き》まってる。そんなのいやだろう」

「声《こえ》をかけないほうが後悔《こうかい》しますよ！」

思《おも》わず言《い》い返《かえ》してしまう。

急《きゅう》にお金《かね》が入《はい》ったからって、いいことだとは限《かぎ》らない。

明智先輩《あけちせんぱい》が言《い》ったように、パパ活《かつ》や闇《やみ》バイトの可能性《かのうせい》だってある。

それだって自主的《じしゅてき》にやったとは限《かぎ》らないし、やらされてるってことも考《かんが》えられる。

悪《わる》いことに巻《ま》き込《こ》まれていないか……それだけが心配《しんぱい》だったんだ。

「わたし、行《い》きます！」

＊「時間外手数料《じかんがいてすうりょう》」…金融機関《きんゆうきかん》の営業時間外《えいぎょうじかんがい》にお金《かね》を引《ひ》き出《だ》したり、振《ふ》り込《こ》みしたりするときにかかる手数《てすう》料《りょう》。通常《つうじょう》は、１００円程度《えんていど》。

今《いま》にも銀行《ぎんこう》へ突入《とつにゅう》する勢《いきお》いのわたしを、音宮先輩《おとみやせんぱい》は制止《せいし》しようとする。

「暴走《ぼうそう》するな！」

「でも……わたしは……！」

わたしたちが揉《も》めていると、声《こえ》をかけられた。

「あれれ？　みんな、なにやってんのぉ⁉」

振《ふ》り向《む》くと、そこにいたのは美雨《みう》さんだった。

いつの間《ま》にか銀行《ぎんこう》から出《で》てきたようだった。

「みっ、美雨《みう》さんっ！」

わたしが驚《おどろ》きの声《こえ》をあげると、美雨《みう》さんは少《すこ》し寂《さび》しそうに言《い》った。

「やっぱり、そう簡単《かんたん》には逃《に》げられないね」

美雨《みう》さんは、観念《かんねん》したように笑《わら》った。

「どうぞ～、入《はい》って～！」

美雨《みう》さんは、わたしたちを家《いえ》に招《まね》いてくれた。

美雨《みう》さんのマンションは、ワンルームではあるが、ひとり暮《ぐ》らしにはじゅうぶんな広《ひろ》さだ。

家具《かぐ》は、テーブルとソファとベッド、それに小《ちい》さなテレビぐらい。

物《もの》は少《すく》なくシンプルな部屋《へや》であり、とてもセレブな生活《せいかつ》には思《おも》えなかった。

美雨《みう》さんは、キッチンで手早《てばや》くミルクティーをいれて、お茶菓子《ちゃがし》のクッキーをみんなの分《ぶん》、用意《ようい》してくれた。

ひとり暮《ぐ》らしをしているからか、すごく手《て》ぎわがいい。

わたしなんて、お客《きゃく》さんが来《き》ても、ティーバッグを使《つか》ってウーロン茶《ちゃ》1杯《ぱい》用意《ようい》するのにもたついてしまう……。

「おいしい、アールグレイね！　いい香《かお》り！」

明智先輩《あけちせんぱい》は、ミルクティーをひと口《くち》飲《の》んで言《い》った。

「この茶葉《ちゃば》、わたしのお気《き》に入《い》りなのよ！」

美雨《みう》さんは、得意《とくい》げに笑《わら》って言《い》った。

「ミルクティーは、アガサ・クリスティーの小説《しょうせつ》によく出《で》てくるワね！　まあ、アガサがイギリス人《じん》だからってのもあるんだけど」

「へえー、じゃあ、シャーロック・ホームズも？」

「ホームズは、どうかしら？　イギリス人《じん》だし、紅茶《こうちゃ》も飲《の》むけどコーヒーもよく飲《の》んでるから、コーヒー党《とう》なんて言《い》われてるわ」

明智先輩《あけちせんぱい》と美雨《みう》さんは、意外《いがい》と気《き》が合《あ》うようで楽《たの》しそうに話《はな》していた。

ふたりの会話《かいわ》に、音宮先輩《おとみやせんぱい》が、ごほんと咳《せき》をして割《わ》って入《はい》る。

「で、本題《ほんだい》なんですけど……」

音宮先輩《おとみやせんぱい》はひと呼吸《こきゅう》おいて言《い》った。

「なんで、失踪《しっそう》したんですか？」

そうだ、この事件《じけん》は美雨《みう》さんが見《み》つかれば終《お》わりじゃない。

謎時《なぞとき》うさぎとして配信《はいしん》するためにも、失踪《しっそう》の経緯《けいい》を知《し》らなければならないんだ。

「ああ〜、それね……」

美雨《みう》さんは、バツが悪《わる》そうにななめ上《うえ》を見《み》ながら言《い》った。

「実《じつ》は……ロトくじに当《あ》たっちゃったんだよ」

(ロトくじ……?)

「あのそれって……」

わたしが聞《き》くと、美雨《みう》さんは丁寧《ていねい》に答《こた》えてくれた。

「ああ、ロトくじって言《い》うのは、宝《たから》くじみたいなものだよ。当《あ》たると一攫千金《いっかくせんきん》みたいな。宝《たから》くじとちがうのは自分《じぶん》で数字《すうじ》が選《えら》べるってこと。だからさ、当《あ》たりの数字《すうじ》が出《で》ない回《かい》があったら、賞金《しょうきん》が次《つぎ》の回《かい》に持《も》ち越《こ》されるんだよ。最大《さいだい》6億円《おくえん》ぐらいになるんだって!」

「6億《おく》ですか!?」

わたしは思《おも》わず大《おお》きな声《こえ》を出《だ》してしまう。

「まっ、まさか……美雨《みう》さん、6億円《おくえん》を当《あ》てて……」

声《こえ》が震《ふる》えるのが自分《じぶん》でもわかった。

6億《おく》もの大金《たいきん》、想像《そうぞう》できない。

この部屋《へや》いっぱいに詰《つ》め込《こ》んでも、あふれ出《で》ちゃいそう。

わたしがぼう然としていると、美雨《みう》さんが答《こた》えた。

「さすがに6億《おく》はないよ～。それでも結構《けっこう》な額《がく》だけどね」

美雨《みう》さんはにやりと笑《わら》う。

「おっ……、億《おく》は超《こ》えてるってことですか？」

わたしが聞《き》くと、美雨《みう》さんはふふふっと笑《わら》って「ないしょ♡」と言《い》った。

（きっと、超《こ》えてるんだ。だったら、高級《こうきゅう》マンションに引《ひ》っ越《こ》すのもわかる……）

美雨《みう》さんは、自分《じぶん》の生《お》い立《た》ちについて話《はな》しはじめた。

「ずっと貧乏生活《びんぼうせいかつ》だったんだよね。小《ちい》さいころにお父《とう》さんが事故《じこ》で亡《な》くなって、お母《かあ》さんも病気《びょうき》がちだったから、あまり働《はたら》けなくて……。小学校《しょうがっこう》の頃《ころ》から早《はや》くお金《かね》をかせぎたかったんだ。で、芸能界《げいのうかい》に入《はい》ったってわけ……」

いつも明《あか》るくて元気《げんき》な美雨《みう》さんからは想像《そうぞう》できない。

芸能界《げいのうかい》っていろんな事情《じじょう》を抱《かか》えた人《ひと》がいる。やっぱり、わたしたちにはわからない世界《せかい》なんだな……。

「はじめは子役《こやく》でオーディションを受《う》けてドラマとか映画《えいが》に脇役《わきやく》で出《で》てた。たまたま声優《せいゆう》のオーディションに受《う》かって、アニメで主役《しゅやく》をもらった。それで人気《にんき》が出《で》た頃《ころ》にアイドルとして声《こえ》をかけられた。流《なが》されてここまでやってきたけど、でも、お金《かね》が手《て》に入《はい》ったときにふと思《おも》ったの……これで解放《かいほう》されるって」

美雨《みう》さんはせつない笑顔《えがお》で言《い》った。

「解放《かいほう》ですか？」

わたしは思《おも》わず聞《き》き返《かえ》す。

「……やっと芸能界《げいのうかい》から解放《かいほう》されるって。これまで芸能界《げいのうかい》がいやだなんて思《おも》ったことはなかった。ここしかないんだって思《おも》いこんで生《い》きてきた。でも、お金《かね》を手《て》に入《い》れたときに、やっと自分《じぶん》の気持《きも》ちに気《き》づけたんだよね。わたしはなりたくて芸能人《げいのうじん》になったわけじゃないんだって……」

わたしは彩《あや》の顔《かお》をちらりと見《み》た。

うつむいて今《いま》にも泣《な》き出《だ》しそうだった。

それもそのはずだ。

いっしょにデビューを目指《めざ》していた仲間《なかま》の美雨《みう》さんから、芸能人《げいのうじん》になりたくてなったわけじゃないと聞《き》かされたのだから。

「自分《じぶん》の気持《きも》ちに気《き》づいてからは、つらかった。プレシャス5《ファイブ》のみんなが、アイドルデビューに向《む》けてレッスンをがんばるなかで、わたしはずっとモチベーションがあがんなくて……」

黙《だま》って聞《き》いていた彩《あや》が声《こえ》をあげた。

「そんなことないですよ！　あたしには美雨《みう》さんが誰《だれ》よりもがんばっているように見《み》えました。だから、あたしは美雨《みう》さんにずっとあこがれてて……」

美雨《みう》さんはやさしく言《い》った。

「わたしは子役《こやく》だったのよ。演技《えんぎ》ぐらいはできる。がんばってる演技《えんぎ》ぐらいはね。でも、疲《つか》れちゃった……だから、黙《だま》って逃《に》げ出《だ》した。みんなに今《いま》さらやめるなんて言《い》えなくて、逃《に》げるしか選択肢《せんたくし》がなかったんだよ」

「話《はな》してほしかった……」

彩《あや》が振《ふ》りしぼるように言《い》った。

「芸能界《げいのうかい》は経験《けいけん》してみないとわからない。わたしの気持《きも》ちは、まだデビューしていないプレシャス5《ファイブ》のみんなにわからないって、あのときは思《おも》ったのよ……」

「それでも……」

彩《あや》がなにか伝《つた》えようとしたのを、絵夢《えむ》くんはさえぎった。

「たとえ理解《りかい》されなくても伝《つた》えるべきだよ。それが誠意《せいい》だ」

絵夢《えむ》くんは、なにか思《おも》うところがあるようだった。

「ぼくも芸能界《げいのうかい》は長《なが》いから、気持《きも》ちはすごくわかるよ。でも、ぼくだったら黙《だま》っていなくなることはないかな。それが、少《すこ》しでも自分《じぶん》に期待《きたい》してくれた人《ひと》に対《たい》しての礼儀《れいぎ》ってものだから……」

絵夢《えむ》くんの痛烈《つうれつ》な言葉《ことば》は、美雨《みう》さんの胸《むね》に刺《さ》さったようだった。

「……わかってる。でも、わたしにはできなかった。あなたが芸能人《げいのうじん》として一流《いちりゅう》で、わたしが三流《さんりゅう》なのは、やるべきことができるかできないかのちがいだと思《おも》う……」

わたしは美雨《みう》さんの気持《きも》ちがわかる気《き》がした。

やらなきゃいけないことなんてわかってる。

でも、やれないんだ。

宿題《しゅくだい》だっていつも後回《あとまわ》しにしちゃう。

ううん……宿題《しゅくだい》だけじゃない。

だいじなことほど、いつも後回《あとまわ》しだ。

やるべきことを当《あ》たり前《まえ》にやる。

それってすごく難《むずか》しいんだよ。

それができる絵夢《えむ》くんは、子役《こやく》としても絵師《えし》としても、一流《いちりゅう》なのはわかる。

でも、きっと絵夢《えむ》くんのいちばんの才能《さいのう》は、演技《えんぎ》の才能《さいのう》や絵《え》の才能《さいのう》なんかじゃなくて、きちんとやるべきことを逃《に》げずにやれることだと思《おも》う。

「あの、ちょっといいですか？」

音宮先輩《おとみやせんぱい》が、重《おも》い空気《くうき》を切《き》り裂《さ》くように口《くち》を開《ひら》いた。

「気《き》になることがあるんですけど」

「んっ？　なに？」

美雨《みう》さんの顔《かお》が、神妙《しんみょう》な表情《ひょうじょう》からいつもの明《あか》るい表情《ひょうじょう》に戻《もど》った。

「ロトくじは、億以上当《おくいじょうあ》たったって考《かんが》えていいんですよね？」

音宮先輩《おとみやせんぱい》は美雨《みう》さんに尋《たず》ねた。

「んっ？　まあね」

美雨《みう》さんは少《すこ》しごまかしつつも認《みと》めた。

「にしては、生活《せいかつ》が質素《しっそ》じゃないですか？」

音宮先輩《おとみやせんぱい》は、不思議《ふしぎ》そうに言《い》う。

「億《おく》も当《あ》たれば、ワンルームよりも広《ひろ》い部屋《へや》に引《ひ》っ越《こ》してもよさそうなものです。だけど、この部屋《へや》は億万長者《おくまんちょうじゃ》が住《す》むにはこぢんまりとしています。家具《かぐ》だってなにもないですよね」

わたしも気《き》になっていた。

大金持《おおがねも》ちになった人《ひと》が住《す》むには、この部屋《へや》はシンプル過《す》ぎる。

「なにか理由《りゆう》があるんですか？」

音宮先輩《おとみやせんぱい》は疑《うたが》うように尋《たず》ねた。

「ああ、それね！」

美雨《みう》さんは音宮先輩《おとみやせんぱい》の質問《しつもん》に答《こた》えた。

「まだお金《かね》が手元《てもと》にないのよ！」

(どういうことだろう？)

音宮先輩《おとみやせんぱい》は、続《つづ》けて質問《しつもん》した。

「まだ手元《てもと》にないってのは、振《ふ》り込《こ》みに時間《じかん》がかかるとか」

「わたしってまだ18歳《さい》でしょ。ロトくじは20歳以上《さいいじょう》じゃないと買《か》うのがなにかと面倒《めんどう》らしくて、知《し》り合《あ》いに買《か》ってもらったんだよね。その知《し》り合《あ》いから、まだ振《ふ》り込《こ》まれてないんだよ」

「えっと……それって、ほんとうに当《あ》たったんですよね？」

さすがの音宮先輩《おとみやせんぱい》も聞《き》きにくかったようで、少《すこ》し口《くち》をにごす。

「なになに、疑《うたが》ってるの～？　まだもらえてないだけで、ちゃんと当《あ》たったよ。代《か》わりに買《か》ってくれた人《ひと》は事前《じぜん》に当選番号《とうせんばんごう》がわかってたみたいだし」

美雨《みう》さんの話《はなし》を聞《き》いて、わたしの頭《あたま》はますます混乱《こんらん》した。

それは、この部屋《へや》にいるみんな同《おな》じようで……。

「詳《くわ》しく聞《き》いてもいいかしら！　えっと、ロトくじって当選番号《とうせんばんごう》は抽選《ちゅうせん》で決《き》まると思《おも》うのよ。抽選会《ちゅうせんかい》の前《まえ》に自分《じぶん》で数字《すうじ》を選《えら》ぶってことよね？　その抽選会《ちゅうせんかい》の前《まえ》に当《あ》たりくじの番号《ばんごう》がわかってたってことかしら？」

明智先輩《あけちせんぱい》が聞《き》くと、美雨《みう》さんはにやりと笑《わら》った。

「そういうこと！　だから、お金《かね》を払《はら》ったんだ」

美雨《みう》さんは「きゃはっ♡」と声《こえ》をあげて笑《わら》った。

「お金《かね》を払《はら》った⁉」

今度《こんど》は彩《あや》が目《め》を丸《まる》くして言《い》う。

「それってさっき、ATM《エーティーエム》で振《ふ》り込《こ》んでたお金《かね》ですか？」

彩《あや》が続《つづ》けて質問《しつもん》する。

「うん！　そうそう。さっき振《ふ》り込《こ》んだのは10万円《まんえん》かな。1回《かい》に振《ふ》り込《こ》める金額《きんがく》って決《き》まってるから、いつも10万円《まんえん》ずつ振《ふ》り込《こ》んでるんだ。前回《ぜんかい》は5回《かい》に分《わ》けて50万円《まんえん》振《ふ》り込《こ》んで買《か》ってもらったんだよ。今回《こんかい》も、30万円《まんえん》振《ふ》り込《こ》んでる。50万円《まんえん》振《ふ》り込《こ》んだ時点《じてん》で、次《つぎ》の回《かい》のロトくじも買《か》ってもらうことになってるんだ〜。すごい安《やす》い買《か》い物《もの》しちゃった♪」

美雨《みう》さん、だいじょうぶかなという雰囲気《ふんいき》がマンション内《ない》を包《つつ》み込《こ》んだ。

「どうして、その人《ひと》は次《つぎ》の当選番号《とうせんばんごう》がわかるんですか？」

工藤《くどう》くんが不思議《ふしぎ》そうに尋《たず》ねる。

「さあ？　抽選《ちゅうせん》って言《い》いながら事前《じぜん》に決《き》まってるんじゃないかな？　最初《さいしょ》は番号《ばんごう》だけ教《おし》えてもらったんだ。あとで確認《かくにん》したら、ちゃんとその番号《ばんごう》が2億円《おくえん》当《あ》たっててびっくりしたよ！　だから信用《しんよう》できるってことで、代《か》わりに買《か》ってもらってるの〜」

美雨《みう》さんは、身振《みぶ》り手振《てぶ》りをまじえて興奮《こうふん》したようにしゃべる。

（……やっぱり、おかしい）

「すでに50万円《まんえん》を払《はら》って大金《たいきん》を当《あ》ててもらった。でも、お金《かね》はまだ手元《てもと》にはない。それなのに、次《つぎ》もすでに30万円《まんえん》を払《はら》って買《か》ってもらおうとしているってことですよね？」

音宮先輩《おとみやせんぱい》が疑《うたが》うような口《くち》ぶりで聞《き》いた。

「うんうん！　そういうことだね」

美雨《みう》さんは、音宮先輩《おとみやせんぱい》とはちがって、終始《しゅうし》にこにこし、疑《うたが》っているようすもない。


「それ、詐欺《さぎ》ですね」


音宮先輩《おとみやせんぱい》は冷《さ》めた口調《くちょう》で言《い》い放《はな》ち、スマホで、ある画面《がめん》を開《ひら》いた。

表示《ひょうじ》されているのは、警察《けいさつ》のホームページだ。

そこには『ロトくじ詐欺《さぎ》に注意《ちゅうい》！』という文字《もじ》が書《か》かれていた。

「はやってるみたいですね。ロトくじの詐欺《さぎ》って」

美雨《みう》さんは「えっ⁉」と驚《おどろ》いた声《こえ》を出《だ》す。

「次《つぎ》に当《あ》たるくじの番号《ばんごう》を教《おし》えるって言《い》って、お金《かね》をだましとるみたいですよ」

「うっ、ウソ……⁉　そっ、そんなことないよ～。こないだ聞《き》いた番号《ばんごう》は当《あ》たってたし～。ちゃんと新聞《しんぶん》を買《か》って、番号《ばんごう》たしかめたし。まちがいないよ！」

美雨《みう》さんが動揺《どうよう》してるのはあきらかだった。

「その話《はなし》がほんとうなら、なおさら詐欺《さぎ》でまちがいないです」

美雨《みう》さんの顔色《かおいろ》がみるみる青《あお》ざめてゆく。

「どっ、どういうこと？」

「警察《けいさつ》からの注意喚起《ちゅういかんき》が書《か》かれたページの情報《じょうほう》から推測《すいそく》するに……」

音宮先輩《おとみやせんぱい》は詐欺《さぎ》の手口《てぐち》について話《はな》しはじめた。

「犯人《はんにん》は夜《よる》、ネットでロトくじの抽選会《ちゅうせんかい》のライブ中継《ちゅうけい》を見《み》て、当選番号《とうせんばんごう》を知《し》る。知《し》った番《ばん》号《ごう》をすぐに電話《でんわ》かなにかで美雨《みう》さんへと伝《つた》えた。美雨《みう》さんは、犯人《はんにん》から番号《ばんごう》を聞《き》いた翌朝《よくあさ》、新聞《しんぶん》で当選発表《とうせんはっぴょう》を見《み》た。当然《とうぜん》、犯人《はんにん》は抽選会《ちゅうせんかい》で知《し》った正《ただ》しい当選番号《とうせんばんごう》を伝《つた》えているわけだから、新聞《しんぶん》にのっている当選番号《とうせんばんごう》も、美雨《みう》さんが聞《き》いた当選番号《とうせんばんごう》と同《おな》じになる」

音宮先輩《おとみやせんぱい》の話《はなし》を聞《き》いた工藤《くどう》くんは、納得《なっとく》したように言《い》った。

「犯人《はんにん》は抽選後《ちゅうせんご》、すぐに美雨《みう》さんに当選番号《とうせんばんごう》を伝《つた》える。翌朝《よくあさ》、美雨《みう》さんは犯人《はんにん》に言《い》われた通《とお》りの当選番号《とうせんばんごう》を新聞《しんぶん》で見《み》る。だったら、当選番号《とうせんばんごう》を事前《じぜん》に知《し》ってたって美雨《みう》さんが思《おも》い込《こ》んでもおかしくないですね」

美雨《みう》さんはひざをついて崩《くず》れ落《お》ちた。

「たしかに、『あしたの朝《あさ》、新聞《しんぶん》で当選発表《とうせんはっぴょう》があるから見《み》てくれ』って言《い》われた。それって、ネットで当選番号《とうせんばんごう》を見《み》させないために言《い》われたんだね」

☆本《ほん》の感想《かんそう》、似顔絵《にがおえ》など、好《す》きなことを書《か》いてね！

ご感想《かんそう》を広告《こうこく》、書籍《しょせき》の PR に使用《しよう》させていただいてもよろしいでしょうか？

1．実名《じつめい》で可《か》　　2．匿名《とくめい》で可《か》　　3．不可《ふか》

郵 便 は が き

おそれいりますが
切手をお貼り
下さい

104-8011

朝日新聞出版　生活・文化編集部

ジュニア部門　係

お名前《なまえ》		ペンネーム	※本名《ほんみょう》でも可《か》		
ご住所《じゅうしょ》	〒				
Eメール					
学年《がくねん》	年《ねん》	年齢《ねんれい》	才《さい》	性別《せいべつ》	
好《す》きな本《ほん》					

※ご提供《ていきょう》いただいた情報《じょうほう》は、個人情報《こじんじょうほう》を含《ふく》まない統計的《とうけいてき》な資料《しりょう》の作成等《さくせいなど》に使用《しよう》いたします。その他《た》の利用《りよう》について詳《くわ》しくは、当社《とうしゃ》ホームページ https://publications.asahi.com/company/privacy/ をご覧下《らんくだ》さい。

ロト詐欺《さぎ》の手口《てぐち》

夜《よる》

夜《よる》に当選番号《とうせんばんごう》の抽選《ちゅうせん》がネットでライブ中継《ちゅうけい》される。犯人《はんにん》はそれを見《み》て、当選番号《とうせんばんごう》を知《し》る。

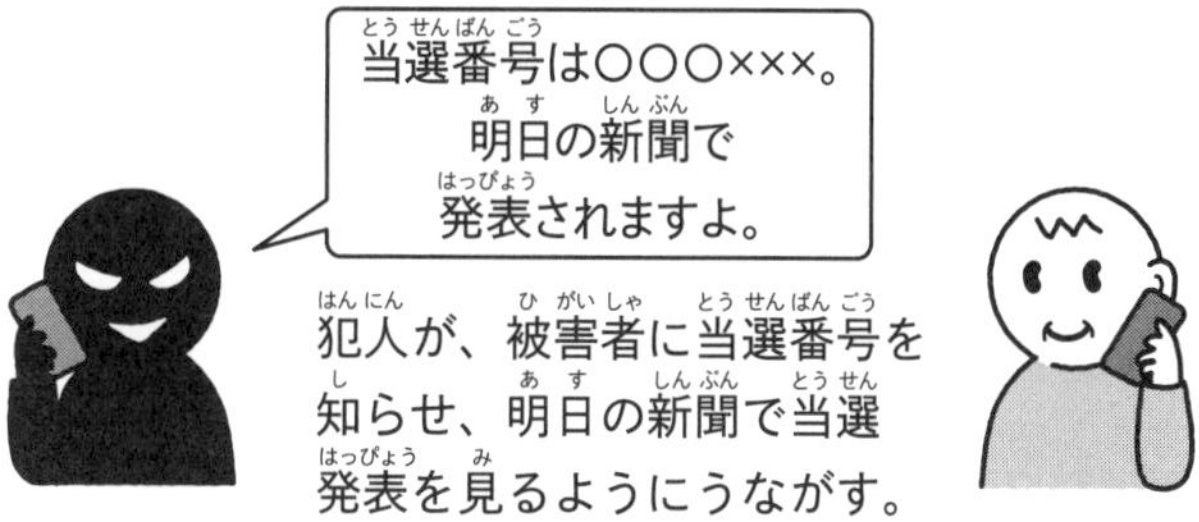

犯人《はんにん》が、被害者《ひがいしゃ》に当選番号《とうせんばんごう》を知《し》らせ、明日《あす》の新聞《しんぶん》で当選《とうせん》発表《はっぴょう》を見《み》るようにうながす。

翌朝《よくあさ》

翌朝《よくあさ》の新聞《しんぶん》に当選番号《とうせんばんごう》がのる。新聞《しんぶん》で初《はじ》めて発表《はっぴょう》されると思《おも》い込《こ》んでいる被害者《ひがいしゃ》は、犯人《はんにん》を信用《しんよう》してしまう。

美雨《みう》さんは、ようやくだまされたことに気《き》づいたようだった。

「今《いま》どき、おかしいよね。新聞《しんぶん》だけで発表《はっぴょう》するなんて……。ネットでいいじゃん。なんで疑《うたが》わなかったんだろう……。バカだね。わたし……」

落《お》ち込《こ》む美雨《みう》さんを励《はげ》ますように、彩《あや》は言《い》った。

「バカじゃないですよ……！　だますほうがバカなんですから！　それに、ほら被害《ひがい》も２回《かい》合《あ》わせても80万円《まんえん》ですよね？　たっ、大金《たいきん》かもしれませんが、人生《じんせい》がダメになる金額《きんがく》じゃないですよ！」

美雨《みう》さんは力《ちから》なく笑《わら》った。

「でも、前《まえ》のアパートを解約《かいやく》して、家賃《やちん》の高《たか》いマンション契約《けいやく》しちゃったし、それに、ちょっといいバッグ買《か》っちゃったし、今《いま》までがまんしてた分《ぶん》、オシャレにお金《かね》かけちゃった。貯《ちょ》金《きん》、使《つか》い果《は》たしちゃった……。だって、１億円手《おくえんて》に入《はい》ると思《おも》ってたんだもん……」

美雨《みう》さんは、悲《かな》しげに笑《わら》った。

親戚《しんせき》に頼《たの》んで保証人《ほしょうにん》にまでなってもらい、マンションを契約《けいやく》したようだ。

逃《に》げ出《だ》すのもたいへんな苦労《くろう》があったにちがいない。

それなのに、だまされたなんてショックだったと思《おも》う。

美雨《みう》さんが、今《いま》まで一生懸命節約《いっしょうけんめいせつやく》して貯金《ちょきん》したお金《かね》までなくなっちゃったんだもん。もし自分《じぶん》が、美雨《みう》さんの立場《たちば》だったら、すごくくやしいよ……。だからこそ、わたしは美雨《みう》さんをだました犯人《はんにん》を捕《つか》まえたいって思《おも》った。

「あの……聞《き》いていいですか？」

わたしが声《こえ》をあげると、美雨《みう》さんがへたり込《こ》んだまま視線《しせん》をこちらに向《む》けた。

「さっき、知《し》り合《あ》いに当選番号《とうせんばんごう》を教《おし》えてもらったって言《い》ってましたけど、だました犯人《はんにん》はわかってるってことですか？」

美雨《みう》さんは、きょとんとした顔《かお》で言《い》った。

「そうよ！　わたし、犯人《はんにん》はわかってるわ。芸能関係《げいのうかんけい》のパーティーで会《あ》った人《ひと》よ」

美雨《みう》さんは、そこまで言《い》うと力強《ちからづよ》くうなずいた。

「そいつを問《と》い詰《つ》めて、せめてこれまでに払《はら》った80万《まん》だけでも返《かえ》してもらわないとっ！」

美雨《みう》さんの目《め》に力《ちから》がわいてきた。

「だったら、犯人《はんにん》のところに行《い》きましょう！　わたしたちミス研《けん》もいっしょに行《い》きますんで」

そこまで言《い》ったとき、ある視線《しせん》に気《き》づいた。

音宮先輩《おとみやせんぱい》が、わたしを見《み》ていた。

音宮先輩《おとみやせんぱい》は気《き》づいているのだろう。

わたしが謎時《なぞとき》うさぎとして犯人《はんにん》を追《お》いつめたいと思《おも》っていることを。

「そうだね……って、あれ？　そういえば、アイツ、どこに住《す》んでるんだっけ？」

美雨《みう》さんは不思議《ふしぎ》そうに首《くび》をかしげる。

「知《し》り合《あ》いなんですよね？」

わたしが尋《たず》ねると、美雨《みう》さんはうなずいた。

「うん！　でも、1回《かい》しか会《あ》ったことないんだよね。パーティーのあと、チャットアプリでしかやりとりしたことがなくて……」

美雨《みう》さんは、やっぱりどこか抜《ぬ》けている。

どうして、たいして親《した》しくない人《ひと》を信用《しんよう》してしまったのだろう。

（やっぱり、天然《てんねん》……？）

美雨《みう》さんはスマホをポチポチとタップしながら言《い》う。

「チャットで聞《き》いたら、教《おし》えてくれるかな？」

美雨《みう》さんは困《こま》り顔《がお》でスマホを見《み》ている。

「だましてるなら、そんな簡単《かんたん》に教《おし》えたりはしないですよ」

絵夢《えむ》くんは冷静《れいせい》に答《こた》えた。

「だっ、だよね……。どっ、どうすればいい……？」

美雨《みう》さんがうろたえたときだった。

美雨《みう》さんのスマホが鳴《な》った。

「はっ、犯人《はんにん》から電話《でんわ》だ！」

美雨《みう》さんは、どうすればいいかわからぬようで、ぼう然《ぜん》とスマホを見《み》つめている。

「あせらないで。警戒《けいかい》されないように居場所《いばしょ》を聞《き》き出《だ》してください。できるだけ時間《じかん》をのばして、会話《かいわ》を録音《ろくおん》してください」

音宮先輩《おとみやせんぱい》はすばやく言《い》ったあと、わたしの顔《かお》をまっすぐ見《み》た。

音宮先輩《おとみやせんぱい》の視線《しせん》がわたしを射抜《いぬ》く。

先輩《せんぱい》は、わたしの目《め》を見《み》てしっかりとうなずいた。

この事件《じけん》を解決《かいけつ》して、謎時《なぞとき》うさぎとして配信《はいしん》するぞ。

音宮先輩《おとみやせんぱい》の目《め》は、たしかにそう言《い》っているように感《かん》じられた。

わたしは、くちびるをきゅっと噛《か》みしめてうなずきかえした。

第《だい》3章《しょう》

夢《ゆめ》を追《お》う者《もの》、追《お》わざる者《もの》

「えっ、あと50万円払《まんえんはら》うんですか⁉」

電話《でんわ》に出《で》た美雨《みう》さんは、犯人《はんにん》にロトくじの購入代金《こうにゅうだいきん》の追加《ついか》を要求《ようきゅう》されたようだ。

「でも、あのぅ……すでに30万円振《まんえんふ》り込《こ》んでいて、あと20万円振《まんえんふ》り込《こ》めばだいじょうぶって話《はなし》だったですよね？　急《きゅう》にあと50万円《まんえん》って言《い》われても……。それに、前《まえ》の分《ぶん》のお金《かね》も、まだもらってないですよね？」

動揺《どうよう》した美雨《みう》さんを見《み》て、音宮先輩《おとみやせんぱい》は紙《かみ》にペンを走《はし》らせる。

『だまされたフリをして、できるだけ話《はなし》を長引《ながび》かせて』

そう書《か》かれたメモを、スッと美雨《みう》さんに差《さ》し出《だ》したんだ。

美雨《みう》さんは、手《て》で「OK《オーケイ》」というジェスチャーをすると、今度《こんど》は「立《た》て板《いた》に水《みず》」といった感《かん》じで犯人《はんにん》と話《はな》しはじめた。

「実《じつ》はわたし、お金《かね》が入《はい》ることを見越《みこ》して、新《あたら》しいマンションに引《ひ》っ越《こ》しちゃったんですよ～。今《いま》まで仕事仕事《しごとしごと》で切《き》り詰《つ》めた生活《せいかつ》ばっかだったから、自分《じぶん》で自分《じぶん》にごほうびあげたいなーなんて……えっ、やりたいこと？　いーっぱいありますよ～。まず旅行《りょこう》でしょ？　ケーキの食《た》べ放題《ほうだい》とか……あっ、それと、高校生活《こうこうせいかつ》もやり直《なお》したい。わたし、高校《こうこう》、ちゃんと出《で》てなくて……」

（さすがは芸能人《げいのうじん》、みごとな演技《えんぎ》！）

わたしは、ただただ感心《かんしん》する。

けど、どうでもいいことをダラダラしゃべっているように見《み》えても、美雨《みう》さんの語《かた》る言葉《ことば》には、苦労人《くろうにん》としてのリアルな哀愁《あいしゅう》がただよっていた。

（美雨《みう》さん……ほんと、たいへんな人生《じんせい》を送《おく》ってきたんだね）

わたしは、なんだかせつない気持《きも》ちになった。

そんなこんなで、あっという間《ま》に20分《ぷん》くらいが過《す》ぎる。

「オッケー。じゃあ、数日中《すうじつちゅう》に50万《まん》、振《ふ》り込《こ》んでおきますね～」

さすがに話《はなし》が尽《つ》きたのか、美雨《みう》さんはそう言《い》って、電話《でんわ》を切《き》った。

「できるだけ話《はなし》を引《ひ》き延《の》ばしてみたけど、こんな感《かん》じでよかったかな？」

そう言《い》いながら、犯人《はんにん》との通話《つうわ》が録音《ろくおん》されたスマホを音宮先輩《おとみやせんぱい》に差《さ》し出《だ》した。

「上出来《じょうでき》」

音宮先輩《おとみやせんぱい》は答《こた》え、再生《さいせい》ボタンを押《お》す。

スマホからは、美雨《みう》さんの声《こえ》と、それに答《こた》える犯人《はんにん》の声《こえ》が聞《き》こえてきた。

（えっ、なんかちょっと意外《いがい》……）

スマホから聞《き》こえてきた犯人《はんにん》のやさしそうな声《こえ》に、わたしは驚《おどろ》く。

「この人《ひと》、とても詐欺師《さぎし》のようには思《おも》えないんだけど……」

すると、絵夢《えむ》くんが笑《わら》いながら言《い》った。

「そりゃそうだろう。いかにも詐欺師《さぎし》って感《かん》じの相手《あいて》だったら、誰《だれ》もだまされない」

その言葉《ことば》に、美雨《みう》さんは「うんうん」と、うなずく。

「そうそう、そうなんだよ〜！　パーティーで会《あ》った時《とき》も、なんだかお父《とう》さんみたいな雰囲《ふんい》気《き》で、すっごく感《かん》じがよかったから、わたし、すっかり信《しん》じちゃって……」

（お父《とう》さんみたい……か。そういえば、美雨《みう》さん、お父《とう》さんを早《はや》くに亡《な》くしたって言《い》ってたっけな……）

そんなことをボンヤリ考《かんが》えていると……。

工藤《くどう》くんが言《い》った。

「このガガガガ……っていう音《おと》、道路工事《どうろこうじ》かなにかの音《おと》でしょうか？」

「壁面穿孔《へきめんせんこう》ドリルの音《おと》だ。近《ちか》くでマンションの足場《あしば》を組《く》む建築工事《けんちくこうじ》かなにかやってるんだろう」

音宮先輩《おとみやせんぱい》が答《こた》える。

（……そっか。ふたりは、犯人《はんにん》の声《こえ》じゃなくて、電話《でんわ》の背景《はいけい》から聞《き》こえてくる『音《おと》』に耳《みみ》をかたむけていたんだね）

会話《かいわ》を録音《ろくおん》した目的《もくてき》が、犯人《はんにん》の居場所《いばしょ》を特定《とくてい》するためだって気《き》づいたわたしは、あらためて録音《ろくおん》の音《おと》を注意《ちゅうい》して聞《き》いてみた。

すると――。

ゴトン、ゴトン……。

「あっ、これ、電車《でんしゃ》の音《おと》！」

「近《ちか》くに線路《せんろ》があるってことかな？」

絵夢《えむ》くんも耳《みみ》を澄《す》ませる。

「わかったわ！」

明智先輩《あけちせんぱい》が唐突《とうとつ》に叫《さけ》んだ。

「犯人《はんにん》の居場所《いばしょ》は、歌川《うたがわ》3丁目《ちょうめ》のカレー屋《や》さんの近《ちか》くよ！」

「はあ？　どうしてそうなるんだ？」

音宮先輩《おとみやせんぱい》は、マユをひそめながら問《と》い返《かえ》す。

「だって、線路《せんろ》ぎわで、工事中《こうじちゅう》のビルが近《ちか》くにある場所《ばしょ》っていったら、そこしかないでしょ？」

「犯人《はんにん》が、おれたちの住《す》む町《まち》から電話《でんわ》をかけてるとは限《かぎ》らないだろ」

「そりゃそうだけど……」

「電車《でんしゃ》の音《おと》は、数分間隔《すうふんかんかく》で聞《き》こえてくる。この辺《へん》は、せいぜい10分間隔《ぶんかんかく》だ。犯人《はんにん》がいるのは、電車《でんしゃ》が数分間隔《すうふんかんかく》で走《はし》る都心《としん》のほうだ」

（電車《でんしゃ》の音《おと》だけで、そこまで推理《すいり》できるなんて……）

わたしは、音宮先輩《おとみやせんぱい》をたのもしく感《かん》じる。

――そのときだった。

音宮先輩《おとみやせんぱい》は、なにかに気《き》づいたようで……スマホに顔《かお》を近《ちか》づけ、耳《みみ》をそばだてた。

「今《いま》の音《おと》……」

「えっ？」

「なにか、音楽《おんがく》のような音《おと》が聞《き》こえた気《き》がした」

「音楽《おんがく》!?」

わたしたちは身《み》を乗《の》り出《だ》す。

音宮先輩《おとみやせんぱい》が録音《ろくおん》を巻《ま》き戻《もど》して再生《さいせい》した『音《おと》』に、皆《みな》は息《いき》をのんで聞《き》き入《い》った。

「うん、たしかに聞《き》こえますね」

工藤《くどう》くんもうなずく。

「ホントだワ。かすかだけど、音楽《おんがく》っぽい音《おと》よね。……なんの曲《きょく》かしら?」

「音量《おんりょう》が小《ちい》さすぎて、そこまでは判別《はんべつ》できないな。……工藤《くどう》、この部分《ぶぶん》の音量《おんりょう》をあげることはできるか?」

「高性能《こうせいのう》の音声編集《おんせいへんしゅう》ソフトを使《つか》えば、できると思《おも》います」

工藤《くどう》くんは、そう答《こた》えると、美雨《みう》さんに、遠慮《えんりょ》がちなまなざしを向《む》ける。

「もし差《さ》しつかえなかったら、この録音《ろくおん》データ、ぼくのパソコンに送信《そうしん》させてもらってもいいですか?」

「もちろんいいよ〜」

工藤《くどう》くんは、美雨《みう》さんのスマホから、録音《ろくおん》データを自分《じぶん》のパソコンに送信《そうしん》する。

パソコンは、部室《ぶしつ》にあるということなので、わたしたちは美雨《みう》さんと別《わか》れ、ミステリー研《けん》究会《きゅうかい》の部室《ぶしつ》に戻《もど》ることにした。

わたしたちは休日《きゅうじつ》の学校《がっこう》にこっそりしのびこみ、部室《ぶしつ》のパソコンの前《まえ》に座《すわ》る工藤《くどう》くんを取《と》り囲《かこ》んだ。

「なんだか本格的《ほんかくてき》な探偵《たんてい》って感《かん》じね」

彩《あや》が、ワクワクしたようすで言《い》う。

パソコンの画面《がめん》には、警察《けいさつ》が音声《おんせい》を解析《かいせき》するときのような、ギザギザの波形《はけい》が映《うつ》し出《だ》されていたんだ。

「この波形《はけい》は、録音《ろくおん》した電話《でんわ》の音《おと》です。エンベロープツールという機能《きのう》を使《つか》って、さっき音《おん》楽《がく》っぽい音《おと》が聞《き》こえたところの波形《はけい》を拡大《かくだい》すれば、その部分《ぶぶん》の音量《おんりょう》をあげることができます」

工藤《くどう》くんは、マウスをカチカチさせて、パソコンを操作《そうさ》する。

すると、パソコンからは、軽快《けいかい》なメロディーが流《なが》れてきた。

「『第三《だいさん》の男《おとこ》』（*）だ」

音宮先輩《おとみやせんぱい》が、即座《そくざ》に曲名《きょくめい》を口《くち》にする。

「『第三《だいさん》の男E《おとこイー》』！　山手線恵比寿駅《やまのてせんえびすえき》、外回《そとまわ》り電車《でんしゃ》の発車《はっしゃ》メロディーです！」

工藤《くどう》くんも、興奮《こうふん》したようすで叫《さけ》んだ。

「ちなみに、内回《うちまわ》り電車《でんしゃ》の発車《はっしゃ》メロディーは、『第三《だいさん》の男F《おとこエフ》』です。同《おな》じ『第三《だいさん》の男《おとこ》』でも、ホームによって少《すこ》しずつアレンジがちがうんです」

理系《りけい》オタクの工藤《くどう》くんは、どうやら、鉄《てつ》オタでもあるらしい。

「これでハッキリしたな」

「そうね。美雨《みう》さんにロト詐欺《さぎ》を働《はたら》いた犯人《はんにん》は、恵比寿駅周辺《えびすえきしゅうへん》、山手線外回《やまのてせんそとまわ》りの線路《せんろ》ぎわ、周囲《しゅうい》に建築中《けんちくちゅう》のビルがある場所《ばしょ》から、あの電話《でんわ》をかけてたってことだワ！」

自分《じぶん》の手柄《てがら》というワケでもないのに、明智先輩《あけちせんぱい》はドヤ顔《がお》で胸《むね》を張《は》る。

なにはともあれ、犯人《はんにん》の居場所《いばしょ》が特定《とくてい》できて、事件《じけん》の捜査《そうさ》は大《おお》きく前進《ぜんしん》したのだった。

＊「第三《だいさん》の男《おとこ》」…1949年制作《ねんせいさく》のイギリス映画《えいが》「第三《だいさん》の男《おとこ》」の主題歌《しゅだいか》。映画音楽屈指《えいがおんがくくっし》の名曲《めいきょく》として有名《ゆうめい》。東京《とうきょう》・恵比寿《えびす》に本社《ほんしゃ》があるビール会社《がいしゃ》のCM曲《シーエムきょく》として使《つか》われたことから、恵比寿駅《えびすえき》の発車《はっしゃ》メロディーとなった。

この日《ひ》はもう遅《おそ》かったので、犯人捜《はんにんさが》しはあらためて明日《あす》おこなおうということになり、わたしたちは部室《ぶしつ》をあとにする。

帰《かえ》り道《みち》、彩《あや》は歩《ある》きながら、横《よこ》を歩《ある》くわたしに言《い》った。

「ミステリー研究会《けんきゅうかい》の人《ひと》たちって、ほんとスゴいよね。やっぱ相談《そうだん》してよかったァ。これで美雨《みう》さんがプレシャス5《ファイブ》に戻《もど》ってきてくれたら、もう言《い》うことないんだけど……」

「彩《あや》は、美雨《みう》さんが戻《もど》ってくると思《おも》ってるの？」

「いや、だってそうでしょ？　お金《かね》がいっぱい入《はい》ると思《おも》ったから、美雨《みう》さん、アイドルやめようとしてただけで……。でも、それってけっきょく、詐欺《さぎ》なんだから、お金《かね》は入《はい》ってこないわけじゃん？　アイドル続《つづ》けていくしかないんじゃない？」

「まあ……そうなるのかな」

「うん、絶対《ぜったい》に続《つづ》けるべきだよ！」

彩《あや》は、確信《かくしん》に満《み》ちた表情《ひょうじょう》で言《い》った。

「だって、あんなに才能《さいのう》に恵《めぐ》まれた人《ひと》、ほかにいないもん。美雨《みう》さんは、自分《じぶん》のこと『三流《さんりゅう》』って言《い》ってたけど、あたしに言《い》わせれば、一流《いちりゅう》も一流《いちりゅう》……幼稚園《ようちえん》の頃《ころ》から、アイドル

まさかの結末
謎と不思議と
新刊続々!
ナゾノベル
【警告】ひとたび読み始めたら、謎《なぞ》と不思議の世界から抜《ぬ》け出《だ》せなくなるかもしれません。覚悟《かくご》を決めて、本を手にお取りください。
ようこそ、「ナゾノベル」へ。
今日はどんな謎《なぞ》と不思議をお探しですか?
ここは、信じられない、予想もつかない、
読んだことがない、ワクワクする、ゾクゾクする、びっくりする、
そして、知らない世界を知ることができる
あなたが気に入るストーリーが、必ず見つかる場所です。
©佐藤おどり
ASAHI
朝日新聞出版

研究《けんきゅう》ひと筋《すじ》の、このあたしが言《い》うんだからまちがいなし！」

「うん、たしかにそうだよね」

わたしは、ステージの上《うえ》でキラキラと輝《かがや》いていた美雨《みう》さんの姿《すがた》を思《おも》い浮《う》かべた。

「美雨《みう》さんはね、アイドルとして、あたしが『こうなりたい』っていう目標《もくひょう》なんだァ。これからも、ずっといっしょにやっていきたいし、美雨《みう》さんがいないプレシャス5《ファイブ》なんて考《かんが》えられない。だから、本気《ほんき》でやめようと思《おも》ってるんだったら、絶対《ぜったい》に引《ひ》きとめるつもり……」

彩《あや》は、そう言《い》うと、わたしを見《み》た。

「奏《かなで》、そのときは、いっしょに美雨《みう》さんのこと、説得《せっとく》してくれるでしょ？」

「えっ……わ、わたしが!?」

とまどいながらも、彩《あや》に真剣《しんけん》な目《め》で見《み》つめられ、わたしはあいまいな返事《へんじ》をする。

「いや、まあ、彩《あや》がそう言《い》うんだったら……」

「ありがとう！」

彩《あや》は、わたしをハグすると、ウルウルしながら言《い》った。

「本当《ほんとう》に奏《かなで》には、なにからなにまで世話《せわ》になりっぱなしだね。お礼《れい》は、あとでドーンとするからね」

「う、うん……」

笑顔《えがお》になった彩《あや》は、わたしを離《はな》すと、「じゃあ、また」と、手《て》を振《ふ》りながら帰《かえ》っていく。

音宮先輩《おとみやせんぱい》と明智先輩《あけちせんぱい》、工藤《くどう》くんは、すでに帰《かえ》ってしまっていたので、わたしは絵夢《えむ》くんとふたりきりになった。

歩《ある》きながら、絵夢《えむ》くんは、わたしに言《い》う。

「あんな約束《やくそく》しちゃって、ほんとによかったの？」

「……え？」

「美雨《みう》さんを説得《せっとく》するなんて、ぼくはムリだと思《おも》うけど……」

「美雨《みう》さんはアイドルには戻《もど》らないって、絵夢《えむ》くんは、そう思《おも》ってるの？」

「ああ見《み》えて彼女《かのじょ》、責任感《せきにんかん》が強《つよ》そうだし、逃《に》げ出《だ》すなんて、よほどのことだったんだと思《おも》うよ」

「……よほどのこと？　事務所《じむしょ》に不満《ふまん》があるとか、そういうことなのかな？」

「さあ、それはどうかわからないけど……いちばんの理由《りゆう》は、自分《じぶん》にウソをつくのがイヤになったんじゃないかな。人《ひと》に向《む》かって笑顔《えがお》をふりまいたりするのってさ、モチベのない人間《にんげん》には苦痛《くつう》でしかないんだよね」

「モチベ？」

「モチベってのは、モチベーションのこと。彼女《かのじょ》は、お金《かね》をかせぐっていう目的《もくてき》があったから、今《いま》まで必死《ひっし》にがんばってきた。でも、今回《こんかい》の一件《いっけん》で、自分《じぶん》のモチベはお金《かね》だけだったってことに気《き》づいてしまったんじゃない？　そうなると、なにもかもが、むなしくなるってのも、わかる気《き》がするよ」

（いや、わからないよ……）

歌《うた》や踊《おど》りでみんなを惹《ひ》きつけ、幸《しあわ》せにできる。

それって、すばらしいことだし、うらやましいことだって、わたしなんかは思《おも》ってしまうんだけど……。

（……美雨《みう》さんはちがうのかな？）

そう考《かんが》えて、わたしはハッとした。

いつだったたか、絵夢《えむ》くんが自分《じぶん》のことを『あやつり人形《にんぎょう》』って言《い》っていたのを思《おも》い出《だ》したんだ。

（ひょっとして、絵夢《えむ》くんも同《おな》じ気持《きも》ちなの？）

プロとして、やるべきことはやっている。

でも、子役《こやく》は、自分《じぶん》が望《のぞ》んで選《えら》んだ道《みち》じゃない。

（いまの自分《じぶん》は幸《しあわ》せじゃないって……そう思《おも》っているのかな？）

わたしは、絵夢《えむ》くんの横顔《よこがお》をじっと見《み》た。

うつむいたその目《め》は、長《なが》いまつ毛《げ》に縁《ふち》どられている。

女《おんな》の人《ひと》のように繊細《せんさい》なその顔《かお》は、どこかはかなげで、今《いま》にも消《き》えてしまいそうに見《み》えた。

（……絵夢《えむ》くんの気持《きも》ちを聞《き》いてみたい）

しかし、なにも言《い》い出《だ》せないまま、わたしは、絵夢《えむ》くんと並《なら》んで道《みち》を歩《ある》き続《つづ》けたんだ。

「……あれ？」

気《き》がつくと、いつの間《ま》にか、家《いえ》の近所《きんじょ》まで来《き》ていた。

「そういえば、絵夢《えむ》くんの家《いえ》って、こっちの方角《ほうがく》だったっけ？」

「いや、ちがうけど」

「えっ、じゃあ……なんで？」

驚《おどろ》くわたしに、絵夢《えむ》くんは当然《とうぜん》のように、こう言《い》ったんだ。

「帰《かえ》りが遅《おそ》くなったから、送《おく》ってきたつもりだったんだけど……迷惑《めいわく》だった？」

「いや、迷惑《めいわく》だなんて、そそ、そんな……あ、ありがとうございます」

「……って、なんで敬語《けいご》？」

あせりまくるわたしを見《み》て、絵夢《えむ》くんはクスッと笑《わら》う。

（あっ、笑《わら》ってくれた！）

なにはともあれ、絵夢《えむ》くんが笑顔《えがお》になって、わたしはホッとする。

――そのときだった。

「かなでー！」

お母《かあ》さんが、わたしの名《な》を呼《よ》びながら、駆《か》け寄《よ》ってくる姿《すがた》が見《み》えた。

「もう、帰《かえ》りが遅《おそ》いから、心配《しんぱい》で迎《むか》えに行《い》こうかと――」

言《い》いかけたお母《かあ》さんは、わたしといっしょにいる絵夢《えむ》くんを見《み》て、ピキーンと固《かた》まってしまう。

「い……一色《いっしき》絵夢《えむ》⁉」

「どうもはじめまして。奏《かなで》さんと同《おな》じ歌川中学《うたがわちゅうがく》に通《かよ》っている一色《いっしき》です」

絵夢《えむ》くんは、世慣《よな》れたようすで、お母《かあ》さんにあいさつをする。

「どど、どうも……こ、こちらこそ……」

お母《かあ》さんは、裏返《うらがえ》った声《こえ》で、あいさつを返《かえ》した。

そして、わたしを引《ひ》き寄《よ》せると、小声《こごえ》で問《と》いかけてきたんだ。

「ちょっと奏《かなで》、どういうことよ？　この前《まえ》、聞《き》いたときは、一色《いっしき》くんとは学校《がっこう》は同《おな》じだけど、会《あ》ったこともないなんて言《い》ってたじゃない？　いつの間《ま》に仲良《なかよ》くなったの？」

「いや、だから、その、部活《ぶかつ》で……」

「部活《ぶかつ》？」

「ミステリー研究会《けんきゅうかい》です」

絵夢《えむ》くんは、涼《すず》しげに答《こた》えたあと、こうつけ加《くわ》えた。

「今日《きょう》は部活《ぶかつ》のミーティングで帰《かえ》りが遅《おそ》くなったんで、ぼくが奏《かなで》さんを送《おく》らせていただきま

した」

「まあ、そうだったの！　それはそれは……どうもありがとうございました。あのぅ……よかったら、うちでお茶《ちゃ》でも……」

「いえ、今日《きょう》は遅《おそ》いので、ここで失礼《しつれい》させていただきます。お茶《ちゃ》は、また今度《こんど》ということで」

絵夢《えむ》くんは、ほほえんで一礼《いちれい》すると、その場《ば》を去《さ》っていった。

（……完璧《かんぺき》だ。なにもかも完璧《かんぺき》すぎる）

そう思《おも》いながらも、わたしは複雑《ふくざつ》な気《き》持《も》ちになった。

（絵夢《えむ》くんのやさしさ、大人《おとな》のような礼《れい》儀《ぎ》正《ただ》しさは、長年《ながねん》、芸能界《げいのうかい》にいて身《み》につ

いたものなんだよね）
笑顔《えがお》をふりまくのは、モチベのない人間《にんげん》にとって苦痛《くつう》でしかない――。
そう言《い》っていた絵夢《えむ》くんの、少《すこ》し悲《かな》しげな横顔《よこがお》を思《おも》い出《だ》したんだ。

翌日《よくじつ》の放課後《ほうかご》。

わたしたち、ミステリー研究会《けんきゅうかい》のメンバーは、恵比寿《えびす》にやってきた。

歌川中学《うたがわちゅうがく》のある郊外《こうがい》の町《まち》とちがい、ここはすぐとなりが渋谷《しぶや》という都心《としん》の町《まち》だ。

人《ひと》の多《おお》さに、わたしは思《おも》わず、しりごみしてしまった。

「月島《つきしま》、なにグズグズしてるんだ。置《お》いてくぞ」

向《む》かいから来《く》る人《ひと》をよけきれず、右往左往《うおうさおう》しているわたしに、音宮先輩《おとみやせんぱい》はそう声《こえ》をかける。

そのとき、絵夢《えむ》くんがわたしの手《て》を取《と》った。

（え……絵夢《えむ》くん⁉）

「ほら、こっち」

絵夢《えむ》くんは、わたしの背中《せなか》を押《お》すようにしながら、人混《ひとご》みから救《すく》い出《だ》してくれた。

「あ、ありがとうございま……ありがとう」

敬語《けいご》を使《つか》いそうになって、あわてて言《い》い直《なお》すわたしを見《み》て、絵夢《えむ》くんはクスリと笑《わら》う。

（お……落《お》ち着《つ》け、わたし……）

ドギマギしてしまう自分《じぶん》をいましめるように、頬《ほお》をペシペシとたたいた。

（今《いま》は、犯人探《はんにんさが》しに集中《しゅうちゅう》しなきゃ……えぇっと、犯人《はんにん》の居場所《いばしょ》は線路《せんろ》ぎわで、工事中《こうじちゅう》のビルの近《ちか》くだったよね？）

そう思《おも》いながら、あたりを見回《みまわ》す。

すると、前《まえ》を歩《ある》いていた工藤《くどう》くんが、一点《いってん》をさしながら言《い》った。

「ここ、工事中《こうじちゅう》のビルですけど」

（わっ、ほんとだ！）

すぐ目《め》の前《まえ》に工事中《こうじちゅう》のビルがありながら、見落《みお》としていた自分《じぶん》に、われながらあきれる。

（……いけない。集中集中《しゅうちゅうしゅうちゅう》……）

ビルのまわりには、足場《あしば》が組《く》まれ、シートが張《は》られていた。

ウィーン、ガガガガガ……。

シートの向《む》こう側《がわ》からは、録音《ろくおん》した電話《でんわ》の背景《はいけい》に絶《た》えず聞《き》こえていた、壁面穿孔《へきめんせんこう》ドリルの音《おと》も鳴《な》っている。

ビルは、山手線《やまのてせん》の線路《せんろ》ぎわにあって、電車《でんしゃ》が行《い》き来《き》する音《おと》も聞《き》こえていた。

そして――。


「あっ、この音楽《おんがく》！」


200メートルほど離《はな》れた恵比寿駅《えびすえき》からは、山手線外回《やまのてせんそとまわ》り電車《でんしゃ》の発車《はっしゃ》メロディー――『第《だい》三《さん》の男《おとこ》E《イー》』の軽快《けいかい》なメロディーも流《なが》れていた。

「きのう、犯人《はんにん》が美雨《みう》さんに電話《でんわ》をかけていたのは、このビルの近《ちか》くと考《かんが》えてまちがいありませんね」

工藤《くどう》くんの言葉《ことば》に、音宮先輩《おとみやせんぱい》もうなずく。

そして、スマホの検索《けんさく》サイトに目《め》をやりながら、つぶやいた。

「美雨《みう》さんは、芸能関係者《げいのうかんけいしゃ》が集《あつ》まるパーティーで犯人《はんにん》と知《し》り合《あ》ったと言《い》っていた。つまり犯《はん》人《にん》は、芸能関係《げいのうかんけい》の仕事《しごと》をしている人物《じんぶつ》である可能性《かのうせい》が高《たか》い。恵比寿《えびす》には、芸能事務所《げいのうじむしょ》がたくさんあるが……」

音宮先輩《おとみやせんぱい》は、工事中《こうじちゅう》のビルの右《みぎ》どなりにある雑居《ざっきょ》ビルのほうへ、スタスタと歩《ある》いていく。

「……そのうちのひとつが、ここだ」

雑居《ざっきょ》ビルの3階《がい》には、『ビッグスター・プロモーション』という芸能事務所《げいのうじむしょ》が入《はい》っていた。入《い》り口《ぐち》の案内板《あんないばん》でも、そのことが確認《かくにん》できる。

「なるほど。このビッグスター・プロモーションって事務所《じむしょ》に、犯人《はんにん》がいるってことよね！　だったら話《はなし》は早《はや》いワ！　ワタシの名推理《めいすいり》を聞《き》かせて、自白《じはく》に追《お》い込《こ》んでやろうじゃないの！」

階段《かいだん》をのぼりかけた明智先輩《あけちせんぱい》を、「待《ま》て！」と、音宮先輩《おとみやせんぱい》は鋭《するど》い声《こえ》で止《と》める。

「敵《てき》は百戦錬磨《ひゃくせんれんま》の大人《おとな》だ。中学生《ちゅうがくせい》のおれたちが正面《しょうめん》から向《む》かっていっても、勝《か》てる相手《あいて》じゃない」

「タダの中学生《ちゅうがくせい》じゃないワ！　探偵《たんてい》よ！」

明智先輩《あけちせんぱい》は胸《むね》を反《そ》り返《かえ》らせたが、そのとき、絵夢《えむ》くんも言《い》ったんだ。

「無謀《むぼう》なことはやめといたほうがいい。芸能事務所《げいのうじむしょ》の中《なか》には、裏社会《うらしゃかい》とつながっているところもある」

「裏社会《うらしゃかい》!?」

リアル芸能人《げいのうじん》の絵夢《えむ》くんの言葉《ことば》を聞《き》いて、明智先輩《あけちせんぱい》は急《きゅう》にビビりだした。

「……つまりヤクザってことよね？　……ってことは、飛《と》び道具《どうぐ》なんかも持《も》っていたりして……。へたしたら、東京湾《とうきょうわん》に沈《しず》められちゃう？　……ああ、でも、ここまで来《き》て犯人《はんにん》を見《み》過《す》ごすのは、名探偵《めいたんてい》としてのプライドが……」

坊《ぼっ》ちゃん刈《が》りの頭《あたま》をかきむしりながら、明智先輩《あけちせんぱい》は苦悩《くのう》する。

そのとき、ビルの階段《かいだん》を下《お》りてくる人影《ひとかげ》が見《み》えた。

皆《みな》のあいだに緊張《きんちょう》が走《はし》る。

しかし、下《お》りてきたのは、わたしたちと同《おな》じ歌川中学《うたがわちゅうがく》の制服《せいふく》を着《き》た中学生《ちゅうがくせい》だった。

その顔《かお》を見《み》て、わたしは思《おも》わず「あっ！」と、声《こえ》をあげる。

「よ、横溝《よこみぞ》くん!?」

中学生《ちゅうがくせい》は、西園寺《さいおんじ》さんが号外《ごうがい》を配《くば》っていたときに出会《であ》った、となりのクラスの横溝斗真《よこみぞとうま》くんだったんだ。

わたしの声《こえ》に気《き》づいて、横溝《よこみぞ》くんもこちらを振《ふ》り向《む》く。

「あれ？　月島《つきしま》さんじゃないか。どうして、こんなところにいるの？」

わたしは、ギクリとした。

（……マズい。横溝《よこみぞ》くんは、花園中《はなぞのちゅう》に他校《たこう》の生徒《せいと》が聞《き》き込《こ》みにきたことを知《し》ってるんだっ

た……）

　今《いま》のところ、聞《き》き込《こ》みにきた生徒《せいと》がミス研《けん》のわたしたちだってことまでは知《し》らないけれど、コソコソとかぎ回《まわ》っている姿《すがた》を見《み》たら、疑《うたが》いだすかもしれない。

「そ、それは……たまたまというか、偶《ぐう》然《ぜん》、通《とお》りかかったというか、なんというか、そのぉ……」

（……どうしよう。横溝《よこみぞ》くんに疑《うたが》われないように、なにか言《い》い訳《わけ》を考《かんが》えなきゃ……）

　わたしがあせっていると、絵夢《えむ》くんが横《よこ》から助《たす》け舟《ぶね》を出《だ》した。

「ぼくたちは、ミステリー研究会《けんきゅうかい》のメンバーでね、恵比寿《えびす》に推理小説《すいりしょうせつ》好《ず》きが集《あつ》まるカフェがあるって聞《き》いたんで、これから向《む》かうところなんだ」

「……って、一色絵夢《いっしきえむ》くん⁉」

有名人《ゆうめいじん》の絵夢《えむ》くんに話《はな》しかけられて、横溝《よこみぞ》くんは興奮《こうふん》したようすだ。

「スゴい！　月島《つきしま》さん、彼《かれ》と知《し》り合《あ》いだったんだぁ！」

「そ、そうなの。わたしたち、同《おな》じ部活《ぶかつ》のメンバーで……」

わたしは横溝《よこみぞ》くんに、部長《ぶちょう》の明智先輩《あけちせんぱい》や音宮先輩《おとみやせんぱい》、工藤《くどう》くんを紹介《しょうかい》する。

「ミステリー研究会《けんきゅうかい》って、なんかスペックが高《たか》そうな人《ひと》たちばっかりなんですねぇ」

横溝《よこみぞ》くんは、感心《かんしん》したように言《い》い、うれしそうに、こう付《つ》け加《くわ》えた。

「今日《きょう》は、なんかイイ日《ひ》だな。スゴい人《ひと》たちと知《し》り合《あ》いになれたし、夢《ゆめ》への第一歩《だいいっぽ》も踏《ふ》み出《だ》すことができたから……」

「……夢《ゆめ》？」

わたしは、そうつぶやいたあと、横溝《よこみぞ》くんに言《い》った。

「そういえば、横溝《よこみぞ》くんは、どうして恵比寿《えびす》にいるの？　このビルに、お父《とう》さんの会社《かいしゃ》かなにかが入《はい》ってるの？」

すると、横溝《よこみぞ》くんは少《すこ》し恥《は》ずかしそうにしながら答《こた》える。

「あ、いや……前《まえ》に言《い》ったこと覚《おぼ》えてるかな？　受験《じゅけん》も終《お》わって時間《じかん》ができたから、新《あたら》しいことに挑戦《ちょうせん》してるって」

「うん。習《なら》い事《ごと》みたいなことだって言《い》ってたよね？」

「実《じつ》はぼく、芸能事務所《げいのうじむしょ》に所属《しょぞく》してるんだ」


「芸能事務所《げいのうじむしょ》⁉」


ミス研《けん》のメンバーの視線《しせん》が、いっせいに横溝《よこみぞ》くんに注《そそ》がれた。

「もしかして、このビルの３階《がい》にある、ビッグスター・プロモーション？」

音宮先輩《おとみやせんぱい》が尋《たず》ねると、横溝《よこみぞ》くんは照《て》れながら答《こた》える。

「……あ、はい、その事務所《じむしょ》です。ネットでタレント募集《ぼしゅう》の広告《こうこく》を見《み》て、ためしに応募《おうぼ》してみたら、受《う》かっちゃって……」

「……で、キミは今《いま》、テレビに出《で》たりしてるわけ？」

「いや、それはまだ……正式《せいしき》に所属《しょぞく》するためには、半年間《はんとしかん》、レッスンを受《う》けなきゃならないんですよ」

横溝《よこみぞ》くんによると、事務所《じむしょ》の所属《しょぞく》タレントになるためには、レッスン代《だい》30万円《まんえん》のほかに、事務所《じむしょ》のパンフレットにのせる宣材写真《せんざいしゃしん》（*）を撮《と》る費用《ひよう》5万円《まんえん》が必要《ひつよう》なのだという。

「レッスン代《だい》、高《たか》いから、どうしようかって悩《なや》んだんだけど、『キミには才能《さいのう》がある』『必《かなら》ず売《う》れる』って言《い》われて……お年玉《としだま》をコツコツためた貯金《ちょきん》に、親《おや》からもお金《かね》を借《か》りて、夢《ゆめ》に踏《ふ》み出《だ》すことにしたんです」

横溝《よこみぞ》くんはうれしそうに話《はな》したが、芸能界《げいのうかい》の裏側《うらがわ》に詳《くわ》しい音宮先輩《おとみやせんぱい》や絵夢《えむ》くんは顔《かお》を曇《くも》らせた。

「レッスン代《だい》を取《と》られるなら、それは良《よ》い事務所《じむしょ》じゃない……」

絵夢《えむ》くんが、ポツリとつぶやく。

「えっ、そうなんですか⁉」

「いや、必《かなら》ずしもレッスン代《だい》を取《と》るところが悪徳事務所《あくとくじむしょ》ってわけじゃないけど……いろいろな名目《めいもく》で金《かね》を取《と》るだけ取《と》って、ろくに仕事《しごと》を紹介《しょうかい》しないところはたくさんある。気《き》をつけたほうがいいと思《おも》うよ」

3歳《さい》の頃《ころ》から子役《こやく》をやっている絵夢《えむ》くんの言葉《ことば》には、重《おも》みがあった。

音宮先輩《おとみやせんぱい》はけわしい顔《かお》で、業界《ぎょうかい》の悪評《あくひょう》などが書《か》き込《こ》まれた裏掲示板《うらけいじばん》をスマホで検索《けんさく》し、横溝《よこみぞ》くんに見《み》せる。そこには『ビッグスター・プロモーション』に関《かん》する書《か》き込《こ》みがたくさんあった。

『サイテーの事務所《じむしょ》』

『レッスン代《だい》やらなにやら、100万近《まんちか》く取《と》られたのに、いまだ仕事《しごと》が来《こ》ない』

『それって、詐欺《さぎ》じゃね？』

『ここ、いつもタレント募集《ぼしゅう》の広告出《こうこくだ》してるよね』

『そういうのに引《ひ》っかかるのは、情報弱者《じょうほうじゃくしゃ》だけ　笑《わら》』

掲示板《けいじばん》に書《か》き込《こ》まれた口《くち》コミの評判《ひょうばん》を見《み》て、横溝《よこみぞ》くんは真《ま》っ青《さお》になった。

「なっ……なにこれ？　こんなに評判《ひょうばん》が悪《わる》いなんて知《し》らなかった……」

「まあ、今《いま》さらこんなこと言《い》うのもナンだけど……この事務所《じむしょ》とは、関《かか》わりにならないほうがいいんじゃない？」

音宮先輩《おとみやせんぱい》が言《い》う。

「なんなら、ぼくが知《し》ってる良心的《りょうしんてき》な事務所《じむしょ》を紹介《しょうかい》してあげようか？」

絵夢《えむ》くんも、心配《しんぱい》そうに、そう声《こえ》をかけた。

＊「宣材写真《せんざいしゃしん》」…宣伝材料用写真《せんでんざいりょうようしゃしん》の略《りゃく》。芸能事務所《げいのうじむしょ》が、所属《しょぞく》タレントを売《う》り出《だ》すために使《つか》われる。

しかし、横溝《よこみぞ》くんは、力《ちから》なく首《くび》を振《ふ》る。

「……すいません。ショックが強《つよ》すぎて、頭《あたま》の整理《せいり》が追《お》いつかなくて……」

そう答《こた》えたあと、悲《かな》しげにうなだれた。

「やっぱり凡人《ぼんじん》は、夢《ゆめ》なんか見《み》ちゃいけなかったんですよね……」

「そ、そんなことないと思《おも》うよ……」

わたしは、あわてて言《い》った。

しかし、横溝《よこみぞ》くんは、目《め》に涙《なみだ》をためながら、こう言《い》い返《かえ》してきたんだ。

「……いいんだ。なぐさめてくれなくても。自分《じぶん》のことはよくわかってる。もともと人前《ひとまえ》に出《で》るのは得意《とくい》じゃなかったんだ。でも、勇気《ゆうき》を持《も》って踏《ふ》み出《だ》したら、そんな自分《じぶん》を変《か》えられるんじゃないかと思《おも》って……」

（……横溝《よこみぞ》くんって、わたしに似《に》てる）

わたしは思《おも》った。

（わたしもみんなに歌《うた》を聞《き》いてもらいたくて、一歩《いっぽ》踏《ふ》み出《だ》そうと思《おも》ったんだよね。踏《ふ》み出《だ》すって、すごく勇気《ゆうき》がいることなのに……）

そんなわたしの横《よこ》で、横溝《よこみぞ》くんは大《おお》きくひとつ、ため息《いき》をつく。

「……どうしよう……お母《かあ》さんにもお金《かね》を出《だ》してもらったのに……謝《あやま》らなきゃ……」

そんなことをつぶやきながら、トボトボと、その場《ば》を去《さ》っていったんだ。

さびしげなうしろ姿《すがた》を見送《みおく》るうちに、わたしのなかには、言《い》いようのない怒《いか》りがわいてきた。

「……わたし、ちょっと、事務所《じむしょ》の社長《しゃちょう》と話《はな》してきます」

「はあ⁉ なに言《い》ってんの、月島《つきしま》ちゃん⁉」

「だって、許《ゆる》せないじゃないですか！ 純粋《じゅんすい》に夢《ゆめ》をいだく人《ひと》を、お金《かね》もうけのために利用《りよう》するなんて……」

雑居《ざっきょ》ビルの階段《かいだん》をかけあがろうとしたわたしの手《て》を、そのとき、ギュッと、誰《だれ》かがつかんだ。

ハッとして振《ふ》り向《む》くと、手《て》をつかんでいたのは、音宮先輩《おとみやせんぱい》だった。

「月島《つきしま》、落《お》ち着《つ》け」

「いや、でも……」

「おまえ……なんか、こういうときだけ積極的《せっきょくてき》になるんだな」

「え？ いや、そんなこと……」

わたしは、言《い》いかけて、口《くち》をつぐむ。

言《い》われてみたら、音宮先輩《おとみやせんぱい》の言《い》う通《とお》りだと思《おも》ったんだ。

すると、明智先輩《あけちせんぱい》も「やれやれ」といった顔《かお》で、わたしに言《い》った。

「月島《つきしま》ちゃんって、ふだんは引《ひ》っ込《こ》み思案《じあん》のクセに、感情《かんじょう》のスイッチが入《はい》っちゃうと、信《しん》じられないくらい行動的《こうどうてき》になるのよね。でも、相手《あいて》は犯罪者《はんざいしゃ》なんだから、感情《かんじょう》に任《まか》せて暴走《ぼうそう》するのはどうかと思《おも》うワよ？」

音宮先輩《おとみやせんぱい》は「おまえが言《い》うな」という顔《かお》をしたが、絵夢《えむ》くんは明智先輩《あけちせんぱい》の言葉《ことば》に大《おお》きくうなずく。

「そもそも、ぼくたちがこの案件《あんけん》に関《かか》わるようになったのって、謎時《なぞとき》うさぎをバズらせるためだよね？　奏《かなで》ちゃんが謎時《なぞとき》うさぎとして犯人《はんにん》を追《お》いつめて、事件《じけん》を解決《かいけつ》すべきなんじゃない？」

「……謎時《なぞとき》うさぎとして？」

（……そうだった）

わたしたちが、この事件《じけん》に関《かか》わったのは、謎時《なぞとき》うさぎの配信《はいしん》のためなんだ。

（でも、追《お》いつめるって言《い》ったって……いったい、どうすればいいんだろう？）

謎時《なぞとき》うさぎは、名探偵《めいたんてい》という設定《せってい》だけど、中身《なかみ》はこのわたし……ただの平凡《へいぼん》な中学生《ちゅうがくせい》だ。

巧妙《こうみょう》な詐欺師《さぎし》を配信《はいしん》だけで追《お》いつめ、観念《かんねん》させて、自白《じはく》に追《お》い込《こ》むなんて……。

そんなことができるとは、どうしても思《おも》えなかったんだ。


この日《ひ》の帰《かえ》り道《みち》のことだった。

恵比寿駅《えびすえき》に向《む》かう途中《とちゅう》、音宮先輩《おとみやせんぱい》は、ふと足《あし》をとめる。

彼《かれ》の視線《しせん》は、前《まえ》を歩《ある》く、長《なが》い髪《かみ》のほっそりした女性《じょせい》に釘付《くぎづ》けとなっていた。

（えっ、どうしたんだろう？）

わたしはけげんに思《おも》い、音宮先輩《おとみやせんぱい》を見《み》た。

次《つぎ》の瞬間《しゅんかん》――。

路地《ろじ》を曲《ま》がり、駅《えき》とは反対方向《はんたいほうこう》に歩《ある》いていく女性《じょせい》を、音宮先輩《おとみやせんぱい》は追《お》いかけていったんだ。

人混《ひとご》みをかき分《わ》け、必死《ひっし》にあとを追《お》い、うしろ姿《すがた》の女性《じょせい》に声《こえ》をかける。

「あのっ……！」

すると、女性《じょせい》が振《ふ》り向《む》いた。

その顔《かお》を見《み》て、音宮先輩《おとみやせんぱい》はガックリと肩《かた》を落《お》とす。

「……すいません。人《ひと》ちがいでした」

女性《じょせい》は、そのまま立《た》ち去《さ》っていく。

体《からだ》を二《ふた》つ折《お》りにして、息《いき》を吐《は》く音宮先輩《おとみやせんぱい》のそばに、わたしは駆《か》け寄《よ》っていった。

「どうしたんですか？」

「なんでもない」

「……今《いま》の女性《じょせい》は？」

「知《し》り合《あ》いに似《に》てただけ……ただの人《ひと》ちがいだ」

そう答《こた》える音宮先輩《おとみやせんぱい》は、どこか人《ひと》を拒絶《きょぜつ》するようなオーラを放《はな》っていた。

（この話題《わだい》には、触《ふ》れてほしくないのかな……？）

わたしは、それ以上《いじょう》、踏《ふ》み込《こ》んだ質問《しつもん》をすることができなかった。


翌日《よくじつ》の放課後《ほうかご》。

ミステリー研究会《けんきゅうかい》の部室《ぶしつ》では、ミーティングが開《ひら》かれていた。

わたしは音宮先輩《おとみやせんぱい》のきのうのようすが気《き》になっていたが、もう、いつもの彼《かれ》に戻《もど》っていた。

「まずは、証拠《しょうこ》を固《かた》めることだ」

ミーティングの席《せき》で、音宮先輩《おとみやせんぱい》はそう切《き》り出《だ》す。

「おれたちが追《お》いつめるべき相手《あいて》は、ロト詐欺《さぎ》を働《はたら》いている詐欺師《さぎし》、もしくは詐欺集団《さぎしゅうだん》だ」

音宮先輩《おとみやせんぱい》の言葉《ことば》に、皆《みな》はうなずいた。

「今《いま》のところわかっているのは、その相手《あいて》が如月美雨《きさらぎみう》さんをだまして、80万円《まんえん》を振《ふ》り込《こ》ませたってこと。それと、追加《ついか》の振《ふ》り込《こ》みを要求《ようきゅう》する電話《でんわ》が、恵比寿《えびす》の芸能事務所《げいのうじむしょ》ビッグスター・プロモーションのあるあたりから、かけられたってことだけだ。必要《ひつよう》なのは、この事務《じむ》所《しょ》が詐欺《さぎ》を働《はたら》いてるっていうたしかな証拠《しょうこ》だ」

「うん、その通《とお》りですね」

わたしは納得《なっとく》する。

ビッグスター・プロモーションは、悪徳事務所《あくとくじむしょ》のにおいがプンプンするけど、それは単《たん》なる状況証拠《じょうきょうしょうこ》であって、ロト詐欺《さぎ》をしてるっていう決定的《けっていてき》な証拠《しょうこ》にはならない。

「証拠《しょうこ》をつかむ方法《ほうほう》として、おれはある作戦《さくせん》を考《かんが》えている」

「作戦《さくせん》？」

と、明智先輩《あけちせんぱい》は身《み》を乗《の》り出《だ》した。

「潜入捜査《せんにゅうそうさ》だ」

「潜入捜査《せんにゅうそうさ》⁉」

明智先輩《あけちせんぱい》は、そう叫《さけ》ぶと、うっとりしながら語《かた》りだした。

「潜入捜査《せんにゅうそうさ》っていえば、江戸川乱歩《えどがわらんぽ》の『少年探偵《しょうねんたんてい》』シリーズで、団長《だんちょう》の小林少年《こばやししょうねん》が、よく潜入捜査《せんにゅうそうさ》をしてたわよねぇ〜。しかも女装《じょそう》が得意《とくい》で、すごい美少女《びしょうじょ》に化《ば》けて危険《きけん》な現場《げんば》に潜入《せんにゅう》するもんだから……」

「大五郎《だいごろう》、そこまでだ」

放《ほう》っておくと、推理小説《すいりしょうせつ》のストーリーを最初《さいしょ》から最後《さいご》までしゃべりかねない明智先輩《あけちせんぱい》を、音宮先輩《おとみやせんぱい》はそう言《い》って制《せい》し、話《はなし》を続《つづ》ける。

「この潜入捜査《せんにゅうそうさ》には、ふたりの人材《じんざい》が必要《ひつよう》だ」

「ふたり……ですか？」

工藤《くどう》くんが問《と》い返《かえ》す。

「ひとりは、事務所《じむしょ》がロト詐欺《さぎ》をしているかどうかを探《さぐ》るための人材《じんざい》……この役《やく》は、おれがやる」

「あとひとりは？」

絵夢《えむ》くんが尋《たず》ねた。

「おれが探《さぐ》りを入《い》れているあいだ、事務所《じむしょ》のスタッフの注意《ちゅうい》をひきつけておく人材《じんざい》……つまり、オトリ役《やく》だ」

「……なるほど」

「ビッグスター・プロモーションは、常時《じょうじ》、タレント募集《ぼしゅう》の広告《こうこく》を出《だ》している。タレント志《し》願者《がんしゃ》を装《よそお》って、面接《めんせつ》を受《う》けに行《い》けば、とりあえず事務所《じむしょ》の中《なか》にはスンナリ入《はい》りこめるだろう」

「でも、オトリ役《やく》って、演技力《えんぎりょく》が必要《ひつよう》よね。このメンバーのなかで演技《えんぎ》ができる人材《じんざい》って言《い》えば……」

みんなの視線《しせん》が、いっせいに絵夢《えむ》くんに注《そそ》がれる。

しかし、音宮先輩《おとみやせんぱい》は首《くび》を振《ふ》った。

「世間《せけん》に顔《かお》を知《し》られてる人間《にんげん》は、オトリ役《やく》には適《てき》さない」

「まあそうだね」

絵夢《えむ》くんもうなずく。

「……となると、次《つぎ》に適任《てきにん》なのは、このワタシってことになるワね。でも、東京湾《とうきょうわん》に沈《しず》められるのはイヤだし……」

わたしは、居《い》てても立《た》ってもいられなくなり、勢《いきお》いよく立《た》ちあがった。

「オトリ役《やく》は、わたしがやります！」

皆《みな》の視線《しせん》が、いっせいに、わたしに注《そそ》がれる。

「……月島《つきしま》が？」

音宮先輩《おとみやせんぱい》は、マユをひそめる。考《かんが》えてもみなかった……と言《い》いたげな顔《かお》だった。

「ぼくは反対《はんたい》だ！　女《おんな》の子《こ》には危険《きけん》すぎる！」

絵夢《えむ》くんは、強《つよ》い口調《くちょう》で言《い》ったあと、あわててこうつけ加《くわ》える。

「あ、いや……別《べつ》に女性《じょせい》を差別《さべつ》するとか、そういうんじゃないんだ。純粋《じゅんすい》に身体能力的《しんたいのうりょくてき》な問題《もんだい》？」

その言葉《ことば》に、工藤《くどう》くんも真顔《まがお》でうなずいた。

「たしかにそうですね。小学校《しょうがっこう》までは、身体能力《しんたいのうりょく》に男女差《だんじょさ》はありませんが、中学生《ちゅうがくせい》になると、筋肉《きんにく》を作《つく》る男性《だんせい》ホルモンの分泌《ぶんぴつ》が男子《だんし》において盛《さか》んになり、身体能力《しんたいのうりょく》で女子《じょし》を上回《うわまわ》ると言《い》われています」

言《い》い方《かた》は回《まわ》りくどいけど、工藤《くどう》くんも反対《はんたい》しているようだ。

そして、ビビっていた明智先輩《あけちせんぱい》さえも、悲痛《ひつう》な声《こえ》でこう言《い》い放《はな》ったんだ。

「やっぱりオトリ役《やく》はワタシがやるワ。月島《つきしま》ちゃんよりは、まだマシだもの」


「お願《ねが》い、わたしにやらせて！」


予想《よそう》もしなかったほどの大《おお》きな声《こえ》が出《で》て、わたしは自分《じぶん》に驚《おどろ》く。

その場《ば》にいた皆《みな》は、あっけに取《と》られて、わたしを見《み》た。

「わたし……謎時《なぞとき》うさぎに近《ちか》づきたいんです」

「うさぎに……近《ちか》づく？」

音宮先輩《おとみやせんぱい》は、けげんな表情《ひょうじょう》で問《と》い返《かえ》した。

「なんていうか、その……うさぎは『こうありたい』っていう理想《りそう》の自分《じぶん》なんですよね。うさぎになれたおかげで、わたしは『みんなに歌《うた》を聞《き》いてもらう』っていう夢《ゆめ》への一歩《いっぽ》を踏《ふ》み出《だ》すことができました。だから……だから……」

音宮先輩《おとみやせんぱい》も、明智先輩《あけちせんぱい》も、絵夢《えむ》くんも、工藤《くどう》くんも、皆《みな》、口《くち》をはさまず、わたしの言葉《ことば》に耳《みみ》をかたむけていた。

わたしは必死《ひっし》に話《はなし》を続《つづ》ける。

「謎時《なぞとき》うさぎは、人前《ひとまえ》で堂々《どうどう》と歌《うた》が歌《うた》えて、トークもできて、冷静沈着《れいせいちんちゃく》に犯人《はんにん》を追《お》いつめることができて……現実《げんじつ》のわたしとはぜんぜんちがうけど……。わたし自身《じしん》が、少《すこ》しでもそんな理想《りそう》に近《ちか》づこうとがんばれば、もっともっとたくさんの人《ひと》に配信《はいしん》を見《み》てもらえて、歌《うた》も聞《き》いてもらえるんじゃないかと思《おも》って……」

皆《みな》はシンとなる。

やがて、音宮先輩《おとみやせんぱい》が口《くち》を開《ひら》いた。

「……わかった。そこまで言《い》うなら、オトリ役《やく》は月島《つきしま》、おまえがやれ」

「ありがとうございます！　わたし、がんばります！」

「言《い》っとくけど、これは探偵《たんてい》ごっこじゃない。相手《あいて》は筋金入《すじがねい》りの犯罪者《はんざいしゃ》で、大五郎《だいごろう》が言《い》うように、場合《ばあい》によっては命《いのち》の危険《きけん》もともなう」

思《おも》わず背筋《せすじ》が凍《こお》った。でも、音宮先輩《おとみやせんぱい》はこう続《つづ》けたんだ。

「だけど、安心《あんしん》しろ。おまえがドジを踏《ふ》んでも、必《かなら》ずおれがフォローする。必《かなら》ずおまえを守《まも》るからな」

なんだか心《こころ》が震《ふる》えるような気持《きも》ちだった。

音宮先輩《おとみやせんぱい》の言葉《ことば》からは、決意《けつい》と熱《あつ》い思《おも》いが伝《つた》わってきて……。

わたしは、その言葉《ことば》を信《しん》じることができたんだ。

そのとき、絵夢《えむ》くんがすっくと立《た》ちあがり、つかつかとこちらにやってきたんだ。

（……えっ、絵夢《えむ》くん？　なんかこわい顔《かお》……やっぱ、わたしがオトリ役《やく》をやることには反《はん》対《たい》なのかな？）

不安《ふあん》で胸《むね》がドキドキしたが、絵夢《えむ》くんは、わたしの前《まえ》までやってくると、わたしの手《て》を握《にぎ》り、にっこりほほえんで、こう言《い》ったんだ。

「奏《かなで》ちゃん、キミって、サイコー！」

「……えっ？」

「あしたは、ドラマのスチール撮影《さつえい》があって、近《ちか》くで見守《みまも》ってあげることはできないんだけど……キミのオトリ役《やく》がうまくいくように、祈《いの》ってるから……」

「あ、うん……」

「がんばって」

「……ありがとう」

絵夢《えむ》くんにやさしく肩《かた》をたたかれて、わたしの中《なか》で勇気《ゆうき》が倍増《ばいぞう》する。
明智先輩《あけちせんぱい》も、工藤《くどう》くんも、こちらを見《み》て、うなずいていた。
（みんな、賛成《さんせい》してくれたんだ。……よーし、がんばるぞー！）
わたしは、決意《けつい》をみなぎらせた。

第《だい》4章《しょう》

コラボ☆イベント

翌日《よくじつ》。

音宮先輩《おとみやせんぱい》とわたしは、恵比寿《えびす》の雑居《ざっきょ》ビルの3階《がい》にあるビッグスター・プロモーションを訪《たず》ねた。

「すいません。面接《めんせつ》の予約《よやく》を入《い》れた者《もの》ですが……」

事務所《じむしょ》の入《い》り口《ぐち》で、音宮先輩《おとみやせんぱい》がインターホンに告《つ》げると、すぐに扉《とびら》が開《ひら》き、事務員《じむいん》の女性《じょせい》が顔《かお》を出《だ》した。

「タレント募集《ぼしゅう》の告知《こくち》を見《み》て、ご連絡《れんらく》をくださった方《かた》ですね？　どうぞこちらへ」

事務員《じむいん》は、事務的《じむてき》な口調《くちょう》で言《い》う。

わたしたちが案内《あんない》されたのは、社内《しゃない》の会議室《かいぎしつ》だった。

「どうぞ」

事務員《じむいん》は、お茶《ちゃ》を差《さ》し出《だ》す。

「社長《しゃちょう》を呼《よ》んでまいりますので、少々《しょうしょう》お待《ま》ちください」

わたしたちにそう告《つ》げると、部屋《へや》を出《で》ていった。

（……ああ、どうしよう）

じっとしていると、どうしようもないくらいの恐怖《きょうふ》と緊張《きんちょう》がこみあげてくる。

（お……落《お》ち着《つ》け、わたし……）

音宮先輩《おとみやせんぱい》のポケットには、GPS発信機《ジーピーエスはっしんき》が入《はい》っている。

わたしたちになにかあった場合《ばあい》は、近《ちか》くで待機《たいき》している明智先輩《あけちせんぱい》と工藤《くどう》くんが、すぐに追《つい》跡《せき》してくれる手《て》はずになっていた。

（ああ、だけど……）

やっぱり、心臓《しんぞう》がバクバクしてしまうんだ。

心《こころ》を落《お》ち着《つ》かせようと、お茶《ちゃ》に手《て》を伸《の》ばす。

しかし、手《て》が震《ふる》えて、お茶《ちゃ》をこぼしてしまった。

（わっ、マズい！）

あわててハンカチを取《と》り出《だ》し、アタフタと机《つくえ》の上《うえ》の水滴《すいてき》をぬぐう。

そんなわたしを、音宮先輩《おとみやせんぱい》はクールな表情《ひょうじょう》で見《み》つめながら、小声《こごえ》で言《い》った。

「それでいい」

「……え？」

「月島《つきしま》は、素《す》のままの月島《つきしま》でいろ。そのほうが、相手《あいて》に警戒心《けいかいしん》を持《も》たれずにすむ」

（……なるほど。そういう考《かんが》え方《かた》もあるのか）

音宮先輩《おとみやせんぱい》の言葉《ことば》は、まるで魔法《まほう》のようだった。

おかげでわたしは、緊張《きんちょう》がほぐれ、平常心《へいじょうしん》を取《と》り戻《もど》すことができたんだ。

すると、しばらくして、会議室《かいぎしつ》のドアが開《ひら》き、ひとりの男性《だんせい》が現《あらわ》れた。

「やあ、よく来《き》てくれたね」

男性《だんせい》の声《こえ》を耳《みみ》にしたとたん、ふたたび緊張《きんちょう》が走《はし》る。

その声《こえ》は、美雨《みう》さんのスマホから聞《き》こえてきた、犯人《はんにん》の声《こえ》によく似《に》ていたんだ。

(やっぱり犯人《はんにん》は、この事務所《じむしょ》にいた？　……犯人《はんにん》はこの人《ひと》？)

必死《ひっし》に震《ふる》えを止《と》めようと、ひざの上《うえ》で両《りょう》のこぶしをにぎりしめる。

男性《だんせい》は、わたしたちの前《まえ》に座《すわ》ると、にこにこしながら言《い》った。

「はじめまして。社長《しゃちょう》の水沢一馬《みずさわかずま》です」

水沢社長《みずさわしゃちょう》は、ごくふつうのやさしいお父《とう》さんみたいな人《ひと》だった。

年《とし》の頃《ころ》は、40代後半《だいこうはん》ぐらいだろうか？

「どうも」

音宮先輩《おとみやせんぱい》が、水沢社長《みずさわしゃちょう》に向《む》かって、軽《かる》く会釈《えしゃく》をする。

わたしも、それにならって、ペコリと頭《あたま》をさげた。

「……それで？　タレント志望《しぼう》の中学生《ちゅうがくせい》っていうのは、キミかな？」

水沢社長《みずさわしゃちょう》は、音宮先輩《おとみやせんぱい》を見《み》た。

「いえ、おれはただの付《つ》き添《そ》いで……タレント志望《しぼう》は彼女《かのじょ》です」

音宮先輩《おとみやせんぱい》がわたしを指《さ》し示《しめ》すと、水沢社長《みずさわしゃちょう》は「キミが？」と、少《すこ》し驚《おどろ》いた顔《かお》をした。

「あ、あの……わた、わたし……」

うまく受《う》け答《こた》えができず、あせりまくるわたしを、音宮先輩《おとみやせんぱい》がフォローする。

「彼女《かのじょ》は、極端《きょくたん》なあがり症《しょう》でして……人前《ひとまえ》に出《で》るのが苦手《にがて》なんです。でも、そういう内気《うちき》な女《おんな》の子《こ》が、子役《こやく》になったことで苦手《にがて》を克服《こくふく》し、大女優《だいじょゆう》になれたと、ある本《ほん》に書《か》いてありました」

　すると、水沢社長《みずさわしゃちょう》はうなずく。

「うん。そういうことは、よくあることだよ。俳優《はいゆう》さんとか女優《じょゆう》さんにはね、もともとは内《うち》気《き》だった人《ひと》が多《おお》いんだ」

「えっ、そうなんですか!?」

　思《おも》わず問《と》い返《かえ》したわたしに、水沢社長《みずさわしゃちょう》は笑顔《えがお》で言《い》う。

「うちには『モデル部門《ぶもん》』というのがあってね、最初《さいしょ》はティーンズ雑誌《ざっし》のモデルから始《はじ》めてもらうことにしてるんだ。カメラの前《まえ》に立《た》つことに慣《な》れてもらってから、カメラの前《まえ》でセリフをしゃべるという、次《つぎ》のステップに移《うつ》ってもらう」

（……なるほど。芸能人《げいのうじん》って、そんなふうにステップアップしていくものなんだね）

水沢社長《みずさわしゃちょう》のもっともらしい説明《せつめい》に、相手《あいて》が詐欺師《さぎし》かもしれないということも忘《わす》れて、わたしは大《おお》きくうなずいてしまった。

そして、おそるおそる尋《たず》ねてみたんだ。

「あの……モデルさんって、背《せ》が高《たか》くて、見《み》た目《め》が華《はな》やかで、きれいな人《ひと》ばっかりってイメージがあるんですが……こんな地味《じみ》なわたしでもモデルになれるんでしょうか？」

「モデルさんにもいろいろあってね、等身大《とうしんだい》の中学生《ちゅうがくせい》が必要《ひつよう》とされる現場《げんば》もある。それに、キミはメイク次第《しだい》で相当化《そうとうば》けると思《おも》うよ」

「化《ば》ける!?」

（お化《ば》けの役《やく》をするってこと？）

「化《ば》けるというのは、キレイになるっていう意味《いみ》だよ。メイクのレッスンプログラムもあるから、それを受講《じゅこう》して勉強《べんきょう》するといい」

水沢社長《みずさわしゃちょう》の言葉《ことば》は、耳《みみ》ざわりがよくて、わたしは思《おも》わず話《はなし》に引《ひ》き込《こ》まれてしまった。

(……そっか。人《ひと》は、こうやってだまされていくんだね)

美雨《みう》さんや横溝《よこみぞ》くんがだまされてしまったのも、こんな人《ひと》が相手《あいて》だったら、そうなっちゃうんだろうなーって、うなずける気《き》がした。

「ところで、そっちのキミは、芸能界《げいのうかい》に興味《きょうみ》はないの？」

水沢社長《みずさわしゃちょう》は、音宮先輩《おとみやせんぱい》に目《め》を向《む》ける。

「えっ、おれですか？　おれは、単《たん》なる付《つ》き添《そ》いで……」

「いや、それはさっき聞《き》いたけど……見《み》た感《かん》じ、相当《そうとう》な逸材《いつざい》だよね。キミなら確実《かくじつ》にスターになれると思《おも》うんだけど」

(うん、その通《とお》りだ！)

水沢社長《みずさわしゃちょう》の言葉《ことば》に、これまた、わたしは納得《なっとく》してしまった。

プロデューサー志望《しぼう》って言《い》ってたけど……音宮先輩《おとみやせんぱい》は、カッコいいし、カリスマ性《せい》もあるし、学校《がっこう》でも「超《ちょう》」がつくほどの人気者《にんきもの》だ。

本来《ほんらい》、表《おもて》に出《で》るべき人《ひと》なんじゃないかって、わたしも思《おも》ったんだ。

しかし、音宮先輩《おとみやせんぱい》は、キッパリ言《い》った。

「おれは、裏方《うらかた》が好《す》きなんです」

そして、あたりを見回《みまわ》すと、話《はなし》をそらすかのように、こう言《い》ったんだ。

「社長《しゃちょう》は、軽井沢《かるいざわ》がお好《す》きなんですか？」

会議室《かいぎしつ》には、別荘地《べっそうち》とおぼしき風景写真《ふうけいしゃしん》がいくつも飾《かざ》られている。

そこがどこなのか、わたしにはわからなかったけど、音宮先輩《おとみやせんぱい》は軽井沢《かるいざわ》の風景《ふうけい》だと気《き》づいたらしい。

「よくわかったね」

水沢社長《みずさわしゃちょう》は、ほくほくした顔《かお》で答《こた》える。

「実《じつ》は軽井沢《かるいざわ》には、うちの事務所《じむしょ》の別荘《べっそう》があるんだよ。あそこには、いいゴルフコースもあってね……」

水沢社長《みずさわしゃちょう》は、音宮先輩《おとみやせんぱい》を相手《あいて》に軽井沢《かるいざわ》の話《はなし》を始《はじ》めてしまう。

その場《ば》を離《はな》れることができなくなった音宮先輩《おとみやせんぱい》は、小声《こごえ》でわたしにこう耳打《みみう》ちした。

「おまえが事務所《じむしょ》を探《さぐ》れ」

（えっ、突然《とつぜん》の作戦変更《さくせんへんこう》!?）

わたしは、思《おも》わず叫《さけ》び出《だ》しそうになる。

でも、よくよく考《かんが》えると、正《ただ》しい判断《はんだん》なのかもしれない。

水沢社長《みずさわしゃちょう》は、音宮先輩《おとみやせんぱい》と話《はなし》をするのに夢中《むちゅう》になっている。

事務所《じむしょ》の中《なか》を探《さぐ》るとしたら、今《いま》しかない気《き》がした。

「あのぅ……ちょっとトイレをお借《か》りしてもいいですか？」

「うん？　ああ、いいよ。トイレは、そこを出《で》て左《ひだり》にあるから」

「ありがとうございます。すみません」

わたしは震《ふる》える足《あし》で立《た》ちあがると、ペコリと一礼《いちれい》して、会議室《かいぎしつ》を出《で》ていく。

なんとか不自然《ふしぜん》さをさとられずに廊下《ろうか》に出《で》たが、高鳴《たかな》る心臓《しんぞう》の鼓動《こどう》を抑《おさ》えきれなかった。


やってきたのは、廊下《ろうか》の突《つ》きあたりにある事務室《じむしつ》の前《まえ》だった。

扉《とびら》を少《すこ》し開《ひら》き、中《なか》をのぞく。

事務室《じむしつ》にはいくつかの机《つくえ》が並《なら》んでいたけど、室内《しつない》にいたのは、事務員《じむいん》の女性《じょせい》ひとりだけだった。

事務員《じむいん》は、どこかに電話《でんわ》をかけている。

（ひょっとして、ロト詐欺《さぎ》でだます相手《あいて》と話《はな》してるのかな……？）

声《こえ》をよく聞《き》きとろうと、わたしは身《み》を乗《の》り出《だ》した。

そのとき、電話《でんわ》をかけていた事務員《じむいん》が、気配《けはい》に気《き》づいて顔《かお》をあげる。

事務員《じむいん》と目《め》が合《あ》ってしまったわたしは、大《おお》あわてで扉《とびら》を閉《し》めると、とっさに近《ちか》くの部屋《へや》へと逃《に》げ込《こ》む。

（わわっ、しまった！）

心臓《しんぞう》はバクバクとなり、両足《りょうあし》は立《た》っていられないほどにガクガクと震《ふる》えていた。

幸《さいわ》いなことに、逃《に》げ込《こ》んだ部屋《へや》には誰《だれ》もいなかった。

しばらく壁《かべ》に張《は》りついたまま、息《いき》をひそめていたが、事務員《じむいん》がわたしを捜《さが》しにくる気配《けはい》はない。

（はあ……よかった）

少《すこ》しホッとして、あたりを見回《みまわ》す。

この部屋《へや》は、どうやら社長室《しゃちょうしつ》のようだ。

窓際《まどぎわ》には、りっぱな机《つくえ》と、革張《かわば》りのいすが置《お》かれている。

よく見《み》ると、机《つくえ》の上《うえ》には一冊《いっさつ》の通帳《つうちょう》があった。

（えっ⁉　あの通帳《つうちょう》は……）

ロト詐欺《さぎ》でだました相手《あいて》にお金《かね》を振《ふ》り込《こ》ませるための通帳《つうちょう》かもしれないって、わたしは思《おも》ったんだ。

（……どうしよう？　……確《たし》かめてみるべきかな？）

そんなことをするのはこわいけど……。

（……やるっきゃない！　謎時《なぞとき》うさぎに一歩《いっぽ》でも近《ちか》づくために……！）

わたしは決意《けつい》を固《かた》めると、忍《しの》び足《あし》で机《つくえ》に近《ちか》づいた。

そして通帳《つうちょう》を手《て》に取《と》る。

名義人《めいぎにん》の欄《らん》には、水沢社長《みずさわしゃちょう》の名前《なまえ》が書《か》かれていた。

（……まるで本物《ほんもの》の探偵《たんてい》になった気分《きぶん》だな）

そんなことを思《おも》いながら、通帳《つうちょう》を開《ひら》いてみる。

明細欄《めいさいらん》には、この口座《こうざ》に振《ふ》り込《こ》みをした人物《じんぶつ》の名前《なまえ》が並《なら》んでいた。

（あっ、これ、美雨《みう》さんの名前《なまえ》！）

そこには『如月美雨《きさらぎみう》』という名前《なまえ》の記載《きさい》もあった。

（水沢社長《みずさわしゃちょう》は、やっぱり美雨《みう》さんとつながってたんだ）

美雨《みう》さんに追加《ついか》の振《ふ》り込《こ》みを要求《ようきゅう》する電話《でんわ》をかけてきた犯人《はんにん》は、まちがいなく水沢社長《みずさわしゃちょう》だと、わたしは確信《かくしん》する。

さらに……。

通帳《つうちょう》には先月《せんげつ》に50万円《まんえん》、今月《こんげつ》に30万円《まんえん》、美雨《みう》さんからお金《かね》が振《ふ》り込《こ》まれたことがはっきりと記《しる》されていた。

（これって、美雨《みう》さんが振《ふ》り込《こ》んだと言《い》っていた金額《きんがく》とまったく同《おな》じ……この通帳《つうちょう》は、水沢《みずさわ》社長《しゃちょう》がロト詐欺《さぎ》をしてたっていう決定的《けっていてき》な証拠《しょうこ》だ！）

わたしは通帳《つうちょう》を写真《しゃしん》に撮《と》ろうと、震《ふる》える手《て》でスマホを取《と》り出《だ》した。

美雨《みう》さんからの振《ふ》り込《こ》み金額《きんがく》が記《しる》されたページにねらいを定《さだ》め、スマホをかまえる。

そのとき、コツコツという足音《あしおと》が近《ちか》づいてきたんだ。

あわてて通帳《つうちょう》を閉《と》じ、社長室《しゃちょうしつ》を出《で》ようとする。

しかし、それより早《はや》くドアが開《ひら》いた。


「あなた、そんなところで、なにやってるの⁉」


入《はい》ってきたのは、事務員《じむいん》の女性《じょせい》だった。

わたしは足《あし》がすくみ、動《うご》けなくなる。

「なんとか言《い》いなさいよ！　警察《けいさつ》に突《つ》き出《だ》すわよ！」
（け、警察《けいさつ》⁉　わたし……犯罪者《はんざいしゃ》になっちゃうの⁉）
とっさに心《こころ》に浮《う》かんだのは、泣《な》いているお母《かあ》さんの顔《かお》だった。
（なにか言《い》い訳《わけ》しなきゃ……！）
そう思《おも》いながらも、ノドがつかえて、声《こえ》すら出《で》てこない――。
――そのときだった。
音宮先輩《おとみやせんぱい》が、部屋《へや》に飛《と》びこんできたんだ。

「すいません。こいつ、トイレから戻《もど》るときに部屋《へや》をまちがえたみたいで」

とっさに言《い》い訳《わけ》すると、わたしの手《て》を取《と》り、社長室《しゃちょうしつ》の外《そと》へと連《つ》れ出《だ》す。

「すいませんっ。用事《ようじ》を思《おも》い出《だ》したんで、これで失礼《しつれい》します！」

会議室《かいぎしつ》にいた水沢社長《みずさわしゃちょう》にひと声《こえ》かけると、わたしたちはそのまま走《はし》って玄関《げんかん》へと向《む》かった。

玄関《げんかん》を抜《ぬ》け出《だ》し、外階段《そとかいだん》をいっきに駆《か》けおりた瞬間《しゅんかん》——。


「わわっ！」


あわてたわたしは、つまずき、転《ころ》びそうになる。

しかし、倒《たお》れる寸前《すんぜん》で、２本《ほん》の腕《うで》に抱《だ》きとめられた。

わたしを抱《だ》きとめてくれたのは、音宮先輩《おとみやせんぱい》だった。

「しっかりしろ！」

音宮先輩《おとみやせんぱい》に励《はげ》まされ、手《て》を引《ひ》かれながら、さらに路地《ろじ》から路地《ろじ》へと走《はし》る。

ようやく安全《あんぜん》な場所《ばしょ》まで逃《に》げおおせることができたわたしたちは、荒《あら》く息《いき》を吐《は》いた。

「……ありがとうございます」

必死《ひっし》に息《いき》を整《ととの》えながら、音宮先輩《おとみやせんぱい》にお礼《れい》を言《い》う。

すると、音宮先輩《おとみやせんぱい》は、わたしの目《め》を見返《みかえ》しながら、ほほえんだ。

「おまえのことは、必《かなら》ず守《まも》るって言《い》ったろ？」

そんな音宮先輩《おとみやせんぱい》が、わたしにはとてもまぶしく、たのもしく見《み》えたんだ。


「水沢社長《みずさわしゃちょう》は、まちがいなくロト詐欺《さぎ》の犯人《はんにん》です！」


わたしたちは、近《ちか》くの喫茶店《きっさてん》で待機《たいき》していた明智先輩《あけちせんぱい》と工藤《くどう》くんに、潜入調査《せんにゅうちょうさ》の結果《けっか》を報告《ほうこく》した。

明智先輩《あけちせんぱい》は、目《め》を輝《かがや》かせる。

「やるじゃん、月島《つきしま》ちゃん！　美雨《みう》さんがお金《かね》を振《ふ》り込《こ》んだ通帳《つうちょう》を見《み》つけたって、これはもう決定的《けっていてき》よ！」

「……すいません。通帳《つうちょう》の写真《しゃしん》は撮《と》りそこねちゃったんですけど……」

わたしがしょんぼりしながらつぶやくと、音宮先輩《おとみやせんぱい》はなぐさめるように言《い》った。

「写真《しゃしん》はなくても、美雨《みう》さんが水沢社長《みずさわしゃちょう》に金《かね》を振《ふ》り込《こ》んだという事実《じじつ》は銀行《ぎんこう》の記録《きろく》に残《のこ》っている」

「そうですね。事実《じじつ》を確認《かくにん》できたなら、それはもうりっぱな証拠《しょうこ》といえます」

工藤《くどう》くんも、そう言《い》ってうなずいた。

「美雨《みう》さんに追加《ついか》の50万円《まんえん》を要求《ようきゅう》してきた電話《でんわ》の録音《ろくおん》データと、水沢《みずさわ》の銀行口座《ぎんこうこうざ》に美雨《みう》さんが金《かね》を振《ふ》り込《こ》んだという事実《じじつ》——これだけの証拠《しょうこ》があれば、謎時《なぞとき》うさぎの配信《はいしん》で水沢《みずさわ》を追《お》いつめることも可能《かのう》だろう」

「いよいよ犯人《はんにん》と対決《たいけつ》するのね！　ゾクゾクするワ！」

「まずは配信《はいしん》の準備《じゅんび》だ！　プレシャス5《ファイブ》の事務所《じむしょ》と交渉《こうしょう》してコラボ出演《しゅつえん》の許可《きょか》をもらわないとな！」

「犯人《はんにん》がわかったってこと、彩《あや》にも知《し》らせておかなきゃ！」

わたしは、チャットアプリで彩《あや》に知《し》らせる。

『美雨《みう》さんには、彩《あや》から伝《つた》えといて』

そう書《か》き添《そ》えて、急《いそ》いで送信《そうしん》した。

「どんな事件《じけん》もぴょ〜んと解決《かいけつ》、謎時《なぞとき》うさぎ、参上《さんじょう》だぴょーん！　今日《きょう》は、みんなにだいじなお知《し》らせがあるのだ！　なんとうさぎはプレシャス5《ファイブ》とイベントでコラボすることになったのだ！　プレシャス5《ファイブ》はオリジナル曲《きょく》『あなたのためじゃない』が話題《わだい》を集《あつ》めている、ブレイク秒読《びょうよ》みのアイドルグループだぴょん！」

翌日《よくじつ》の放課後《ほうかご》、わたしはミステリー研究会《けんきゅうかい》の部室《ぶしつ》の中《なか》にある、本棚《ほんだな》に隠《かく》された配信《はいしん》ブースの中《なか》で、コラボイベントの告知動画《こくちどうが》の撮影《さつえい》に臨《のぞ》んでいた。

美雨《みう》さんの居場所《いばしょ》を突《つ》き止《と》めたごほうびとして、音宮先輩《おとみやせんぱい》はプレシャス5《ファイブ》とイベントでコラボする約束《やくそく》を取《と》りつけたんだ。

「きたる×月《がつ》〇日《にち》、午後《ごご》4時《じ》から、向山遊園地《むこうやまゆうえんち》の野外《やがい》ステージで、みんなを待《ま》ってる！　直接《ちょくせつ》、現地《げんち》に行《い》けないキミも、このチャンネルでライブを配信《はいしん》するから、ぜひ、見《み》てほしいのだ！」

ここで、わたしはルーペを使《つか》い、謎時《なぞとき》うさぎの目《め》を大《おお》きくする。

「それと、ここからが重大告知《じゅうだいこくち》〜〜ッ！　このライブで、うさぎは、ある事件《じけん》のナゾを解《と》き明《あ》かす！　ニュースになるような大事件《だいじけん》なのだ！」

すぅーっと息《いき》を吸《す》いこむと、決《き》めゼリフを口《くち》にした。

「そこの犯人《はんにん》、首《くび》を洗《あら》って待《ま》ってろだぴょん！」

画面《がめん》をするどく指《ゆび》さしてウィンクすると、わたしの目《め》の動《うご》きに呼応《こおう》して、画面上《がめんじょう》のうさぎもウィンクし、片耳《かたみみ》が折《お》れる。『うさみみウィンク』だ。

（うん、決《き》まった！）

わたしは、ホッと息《いき》をついた。

配信《はいしん》ブースから出《で》てきたわたしを、明智先輩《あけちせんぱい》は拍手《はくしゅ》で迎《むか》える。

「おつかれ〜。謎時《なぞとき》うさぎ、今日《きょう》も決《き》まってたワよ！」

「ありがとうございます。ハァ、よかったぁ〜〜……」

そう言《い》うなり、足《あし》がガクガクと震《ふる》えだし、わたしはその場《ば》にへたりこむ。

「毎度《まいど》のことながら、謎時《なぞとき》うさぎじゃなくなると、月島《つきしま》ちゃんはまるで別人《べつじん》ね」

「自分《じぶん》でもよくわかりません。たぶん、こっちが、素《す》のわたしなんだと思《おも》います。謎時《なぞとき》うさぎになってるときは、なにかにとりつかれてるだけで……」

「ふふっ、おもしろいワねぇ。V《ブイ》チューバーって、みんな、そうなのかしら？　ワタシもV《ブイ》

チューバーになってみたいワ〜」

わたしたちがそんな会話《かいわ》をしているあいだも、音宮先輩《おとみやせんぱい》と工藤《くどう》くんは、撮《と》り終《お》えたばかりの動画《どうが》のチェックに余念《よねん》がない。

「キャプション（*）も入《い》れますか?」

「うん、そうだな」

「アップロード（*）はいつ頃《ごろ》?」

「今日中《きょうじゅう》にできるか?」

「30分《ぷん》もあれば可能《かのう》だと思《おも》います」

工藤《くどう》くんは、手際《てぎわ》よく動画《どうが》を加工《かこう》すると、それをネットにアップした。

「あっ、さっそく再生《さいせい》されてます」

「高評価《こうひょうか》もついてるな」

告知動画《こくちどうが》の画面《がめん》を見《み》ながら、わたしたちはワクワクと気持《きも》ちを高《たか》ぶらせた。


そこに現《あらわ》れたのは、絵夢《えむ》くんだった。

新《あたら》しいドラマの撮影《さつえい》に忙《いそが》しく、きのうはミス研《けん》の活動《かつどう》に参加《さんか》できなかったけど……。今日《きょう》はどうにか時間《じかん》ができたんで、駆《か》けつけてくれたらしい。

「新衣装《しんいしょう》のデザインが、ようやくできたんだ」

絵夢《えむ》くんは、タブレットを取《と》り出《だ》し、撮影《さつえい》の合間《あいま》に描《か》きあげたというデザイン画《が》を見《み》せる。

「わあ、ステキ!」

わたしたちは、ため息《いき》をついた。

「この衣装《いしょう》、どこかマーメードチックよね?」

明智先輩《あけちせんぱい》が言《い》うと、絵夢《えむ》くんはうなずく。

「謎時《なぞとき》うさぎが歌《うた》う『月《つき》の人魚《にんぎょ》』に合《あ》わせて、衣装《いしょう》のデザインを考《かんが》えてみたんだ。月《つき》にある海《うみ》ってのが、どんなものか想像《そうぞう》できなくて……。何度《なんど》も描《か》き直《なお》して、ようやく満足《まんぞく》いくものが描《か》けたよ」

「うん、いいね」

＊「キャプション」…画像《がぞう》などに添《そ》えられる説明文《せつめいぶん》。ここでは、動画《どうが》の音声情報《おんせいじょうほう》を文字《もじ》で表示《ひょうじ》すること。字幕《じまく》。
＊「アップロード」…ネットを通《つう》じて、別《べつ》の場所《ばしょ》にデータを送《おく》ること。ここでは、動画《どうが》サイトに動画《どうが》をアップすること。

謎時《なぞとき》うさぎ
新衣装《しんいしょう》

日頃《ひごろ》は辛口《からくち》の音宮先輩《おとみやせんぱい》も、満足《まんぞく》そうなようすだ。

「工藤《くどう》、うさぎの新衣装《しんいしょう》のモデリング（*）、プレシャス5《ファイブ》とのコラボまでに間《ま》に合《あ》うか？」

「追加《ついか》されたパーツも多《おお》いんでたいへんですが……でも、なんとか間《ま》に合《あ》わせます」

「よし、たのんだぞ」

「はい」

工藤《くどう》くんは、絵夢《えむ》くんの絵《え》をパソコンに取《と》りこむと、さっそく作業《さぎょう》にかかる。

「おれは、これからプレシャス5《ファイブ》の事務所《じむしょ》へ打《う》ち合《あ》わせに行《い》く。作業《さぎょう》がある者《もの》は進《すす》めておくように。以上《いじょう》、今日《きょう》は解散《かいさん》だ」

音宮先輩《おとみやせんぱい》は、それだけ言《い》うと、そそくさと部室《ぶしつ》を出《で》ていった。


この日《ひ》の帰《かえ》り道《みち》は、絵夢《えむ》くんとふたりきりだった。

絵夢《えむ》くんは、わたしに伝《つた》えたいことがあるという。

（なんだろう、伝《つた》えたいことって……？）

＊「モデリング」…ここでは、イラストをVチューバー《ブイ》の体《からだ》に合《あ》わせた衣装《いしょう》にし、Vチューバー《ブイ》の動《うご》きに応《おう》じて動《うご》かせるようにすること。

ドキドキしながら待《ま》っていると、しばらくして絵夢《えむ》くんは切《き》り出《だ》す。

「実《じつ》はね……きのう、ドラマの撮影現場《さつえいげんば》で、監督《かんとく》にほめられたんだ」

「監督《かんとく》さんに……ほめられた？」

なんだか少《すこ》し、意外《いがい》な気《き》がした。

絵夢《えむ》くんは、押《お》しも押《お》されもせぬ大《だい》スターだ。その演技力《えんぎりょく》にも定評《ていひょう》がある。

ほめられることなんて、日常茶飯事《にちじょうさはんじ》なんだろうって、思《おも》ってたんだ。

しかし、絵夢《えむ》くんは続《つづ》ける。

「今《いま》までのぼくの演技《えんぎ》はさ、どこかウソっぽかったって、監督《かんとく》は言《い》うんだよね。でも、ここ最近《さいきん》、演技《えんぎ》に魂《たましい》が入《はい》ってきたって言《い》われたんだよ」

「ドラマの世界《せかい》のことはよくわからないけど、それって、スゴいことなんだよね？」

「うん。ぼくにとっては、革命的《かくめいてき》なこと」

そう言《い》ってから、絵夢《えむ》くんは、これまでの人生《じんせい》を振《ふ》り返《かえ》るような遠《とお》い目《め》をした。

「今《いま》までのぼくはさ、まわりの大人《おとな》たちのあやつり人形《にんぎょう》で、やらされるから演技《えんぎ》をしてるんだって、ずっとそう思《おも》ってたんだ。でも、演技《えんぎ》だって、絵《え》を描《か》くことと同《おな》じように、自分《じぶん》を表現《ひょうげん》する手段《しゅだん》のひとつでもあるわけだろ？」

「うん、そうだよね」

「だから、人《ひと》にやらされるんじゃなくて、これからは自分《じぶん》の意思《いし》でやってみようって思《おも》ったんだ」

「絵夢《えむ》くんが言《い》ってた『モチベ』が芽《め》ばえたの？」

「うん、その通《とお》りだ。そんなふうに思《おも》えるようになったのは、奏《かなで》ちゃん、キミのおかげさ」


「わ、わたしの⁉」


「『謎時《なぞとき》うさぎになれたおかげで、夢《ゆめ》への一歩《いっぽ》を踏《ふ》み出《だ》すことができた』って、奏《かなで》ちゃん、言《い》ってたよね？　あのときのキミの言葉《ことば》が胸《むね》に刺《さ》さったんだ」

「えっ、いや、わたしは……」

（そんなスゴいことを言《い》ったおぼえはないんだけど……）

「みんなに歌《うた》を聞《き》いてもらいたい……そんなささやかな夢《ゆめ》を、必死《ひっし》に追《お》いかけてる子《こ》がいるんだなって思《おも》ったら、ぼくもその情熱《じょうねつ》の半分《はんぶん》でもいいから持《も》ってみたいって、心《こころ》の底《そこ》から思《おも》えたんだよね」

（絵夢《えむ》くんが、わたしのことをそんなふうに見《み》てくれていたなんて……）

うれしくて、涙《なみだ》が出《で》そうになる。

「こんなわたしでも誰《だれ》かの役《やく》に立《た》てるなんて……すっごくうれしいよ。ありがとう、絵夢《えむ》くん……」

わたしが言《い》うと、絵夢《えむ》くんはほほえむ。

それは作《つく》り笑顔《えがお》ではない、心《こころ》からの笑顔《えがお》だった。

絵夢《えむ》くんのまぶしい笑顔《えがお》を見《み》つめているうちに、ふと心《こころ》に湧《わ》いたのは、美雨《みう》さんのことだった。

(美雨《みう》さんもプレシャス5《ファイブ》に戻《もど》ってきてくれるのかな……?)

居場所《いばしょ》はわかったものの、美雨《みう》さんはまだ、芸能界《げいのうかい》の仕事《しごと》を続《つづ》けていくかどうか悩《なや》んでいるらしい。

(やっぱり、美雨《みう》さんあってのプレシャス5《ファイブ》だもんね。彩《あや》のためにも、戻《もど》ってきてくれるといいな)

そんなことを思《おも》いながら、わたしは笑顔《えがお》の絵夢《えむ》くんを見《み》つめ続《つづ》けてたんだ。

ところが、コラボイベントまであと1週間《しゅうかん》とせまった日《ひ》に、ショッキングな出来事《できごと》が起《お》こった。

「奏《かなで》……」

突然《とつぜん》、部室《ぶしつ》に現《あらわ》れた彩《あや》は、わたしの腕《うで》にすがりつくなり、泣《な》き崩《くず》れたんだ。

「美雨《みう》さんが……美雨《みう》さんが……」

しゃくりあげながら、彩《あや》は美雨《みう》さんの名《な》を何度《なんど》も口《くち》にする。

そんな彩《あや》の背中《せなか》をなでながら、わたしは問《と》いかけた。

「……いったいどうしたの？　彩《あや》、泣《な》いてちゃわからないよ。ちゃんと説明《せつめい》して」

「美雨《みう》さんが……またいなくなっちゃったの」

「えっ!?」

部室《ぶしつ》にいたミス研《けん》のメンバーたちは、いっせいに驚《おどろ》きの表情《ひょうじょう》を浮《う》かべ、彩《あや》を見《み》る。

彩《あや》が泣《な》きながら語《かた》ったところによると、美雨《みう》さんは彩《あや》にチャットのメッセージを残《のこ》し、消《き》えてしまったのだという。

そのメッセージとは、次《つぎ》のようなものだった。

『彩《あや》、ごめんね。私《わたし》、やっぱり芸能界《げいのうかい》を引退《いんたい》する。プレシャス5《ファイブ》のみんなのことは、陰《かげ》ながら応援《おうえん》してるよ。どうかこんな私《わたし》を許《ゆる》してね。』

メッセージを見《み》て、わたしたちは一瞬《いっしゅん》、言葉《ことば》を失《うしな》った。

やがて、めずらしく部室《ぶしつ》にいた絵夢《えむ》くんが口《くち》を開《ひら》く。

「……まあ、彼女《かのじょ》はもとから芸能界《げいのうかい》をやめたがっていたから……予定通《よていどお》りの展開《てんかい》って言《い》えば、言《い》えるんじゃない？」

すると、彩《あや》が言《い》った。

「そんな……美雨《みう》さんがプレシャス5《ファイブ》をやめるわけないんです！　なにかトラブルに巻《ま》きこまれたに違《ちが》いないんですよ！」

「トラブル？」

明智先輩《あけちせんぱい》が身《み》を乗《の》り出《だ》す。

「根拠《こんきょ》は、このメッセージです。文《ぶん》の最後《さいご》に丸《まる》がついてますよね？　でも、美雨《みう》さんはSN《エスエヌ》S《エス》でメッセを送《おく》るとき、文《ぶん》の最後《さいご》に丸《まる》をつけない人《ひと》なんです」

「なるほど」

明智先輩《あけちせんぱい》は腕組《うでぐ》みしながら、うなずく。

「それと、この『応援《おうえん》』っていう字も変《へん》なんです」

「変《へん》？　ワタシには正《ただ》しい漢字《かんじ》に思《おも》えるけど？」

「美雨《みう》さんは『応援《おうえん》』っていう字《じ》をいつもひらがなで『おーえん』って書《か》くんです。思《おも》うに、このメッセ、美雨《みう》さんになりすました誰《だれ》かが書《か》いたんじゃないかって気《き》がするんですよね」

「なりすまし⁉」

明智先輩《あけちせんぱい》は、彩《あや》の言葉《ことば》に食《く》らいついた。

「そうよ！　きっとそうだワ！　本物《ほんもの》の美雨《みう》さんは、どこかに監禁《かんきん》されてるのよ！」

「監禁《かんきん》⁉」

わたしは、思《おも》わず声《こえ》を張《は》りあげた。

しかし、音宮先輩《おとみやせんぱい》は「おいおい」と、そんなわたしたちをたしなめる。

「それだけのことで監禁《かんきん》されたって決《き》めつけるのは、飛躍《ひやく》のしすぎだろ？」

そして、彩《あや》に問《と》いかけたんだ。

「メッセージのほかに、美雨《みう》さんがトラブルに巻《ま》きこまれたとされる根拠《こんきょ》はあるのか？　たとえば……車《くるま》で連《つ》れ去《さ》られるところを見《み》たとか？」

「……いいえ。ほかにはなにも」

彩《あや》はなにも言《い》えなくなってしまって、悲《かな》しそうにギュッとくちびるを引《ひ》き結《むす》んだ。

「……やっぱり、あたしが考《かんが》えすぎなのかな……」


「彩《あや》、待《ま》って！」

部室《ぶしつ》を出《で》ていった彩《あや》を、わたしは追《お》いかけ、呼《よ》び止《と》めた。

「彩《あや》が言《い》ってること、わたしは信《しん》じるよ。美雨《みう》さんは、もしかしたらなにかの事件《じけん》に巻《ま》きこまれてるのかもしれないよね？」

「奏《かなで》、なぐさめてくれてありがとう、でもさ……感情的《かんじょうてき》になりすぎてるって、自分《じぶん》でもわかってるんだ……」

美雨《みう》さんが自《みずか》らの意思《いし》で姿《すがた》を消《け》したってことを、彩《あや》はどうしても受《う》け入《い》れる気持《きも》ちになれないんだって。

「……なんて言《い》ったらいいのかな？　もやもやしすぎて、うまく言葉《ことば》にできない。美雨《みう》さんがいないとプレシャス5《ファイブ》のデビューの話自体《はなしじたい》なくなっちゃうかもしれないってこともあるんだけど……」

彩《あや》の言葉《ことば》に、わたしはがく然《ぜん》とした。

プレシャス5《ファイブ》はあちこちのイベントなどで曲《きょく》を披露《ひろう》し、人気《にんき》が高《たか》まっている。

これからはテレビ出演《しゅつえん》など、メジャーデビューに向《む》けて邁進《まいしん》していくものだとばかり思《おも》っていたから……。

（デビューできない……つまり、彩《あや》の夢《ゆめ》も消《き》えちゃうってこと……？）

「でもそれよりなにより、あたし……美雨《みう》さんのことが大好《だいす》きだから……。稽古《けいこ》がつらくて泣《な》きそうになっていたとき、美雨《みう》さんはいつもギャグを言《い》って、あたしを笑《わら》わせてくれた。『彩《あや》、どんなときでも笑顔《えがお》を忘《わす》れちゃダメだよ』ってはげましてくれたんだ。そんな美雨《みう》さんが危険《きけん》な目《め》にあってるんじゃないかって思《おも》ったら……そう思《おも》っただけで、あたし、胸《むね》がつぶれそうで……」

彩《あや》はわたしの胸《むね》で、泣《な》き崩《くず》れる。

そんな彩《あや》を、わたしはただただ抱《だ》きしめることしかできなかったんだ。

翌日《よくじつ》、学校《がっこう》は休《やす》みだったが、家《いえ》にいたわたしは、ひとり悶々《もんもん》としていた。

美雨《みう》さんのメッセージがなりすましだというのは、たしかに彩《あや》の思《おも》いこみなのかもしれない。でも、その一方《いっぽう》で、真実《しんじつ》かもしれないという思《おも》いも捨《す》てきれなかったんだ。

もしこれがなりすましで、メッセージを書《か》いたのが美雨《みう》さんじゃなかったとしたら……。

犯人《はんにん》に捕《つか》まって、監禁《かんきん》されている可能性《かのうせい》だってある。

そのとき、水沢社長《みずさわしゃちょう》の顔《かお》が頭《あたま》に浮《う》かんだんだ。

（水沢社長《みずさわしゃちょう》……一見《いっけん》、人当《ひとあ》たりは良《よ》さそうだけど、もともと詐欺《さぎ》をしてる人《ひと》だし、なにをしでかすかわからないよね？）

そんなことを考《かんが》え出《だ》したら、居《い》ても立《た》ってもいられなくなった。

スマホの着信音《ちゃくしんおん》が鳴《な》ったのは、そのときだった。

「もしもし、月島《つきしま》ちゃん？」

――それは、明智先輩《あけちせんぱい》からの電話《でんわ》だった。


2時間後《じかんご》――。

わたしは、明智先輩《あけちせんぱい》と恵比寿《えびす》にいた。

明智先輩《あけちせんぱい》もわたしと同《おな》じように、水沢社長《みずさわしゃちょう》があやしいという考《かんが》えに至《いた》ったようで……。

わたしたちは恵比寿《えびす》の事務所《じむしょ》に乗《の》り込《こ》んで、探《さぐ》りを入《い》れようってことになったんだ。

雑居《ざっきょ》ビルの階段《かいだん》をあがり、3階《がい》にあるビッグスター・プロモーションのインターホンの呼《よ》び出《だ》しボタンを押《お》す。

対応《たいおう》に出《で》た事務員《じむいん》の女性《じょせい》は、わたしの顔《かお》を見《み》るなり、警戒《けいかい》するような表情《ひょうじょう》になった。

「あの……先日《せんじつ》、この事務所《じむしょ》の面接《めんせつ》を受《う》けにきた者《もの》ですけど……」

わたしがオズオズ切《き》り出《だ》すと、事務員《じむいん》はけわしい顔《かお》で言《い》い返《かえ》してきた。

「面接《めんせつ》の途中《とちゅう》で勝手《かって》に帰《かえ》っちゃった子《こ》ね？　残念《ざんねん》だけど、そういう子《こ》に芸能界《げいのうかい》の仕事《しごと》はムリだから」

「いや、あの……今日《きょう》は水沢社長《みずさわしゃちょう》に聞《き》きたいことがあって……」

「水沢《みずさわ》は留守《るす》です」

事務員《じむいん》は素《そ》っ気《け》なく答《こた》えると、ピシャリとドアを閉《し》めてしまった。

「はあ……やっぱりダメか」

ため息《いき》をつくわたしに、明智先輩《あけちせんぱい》は腕組《うでぐ》みしながら言《い》う。

「ムキになって月島《つきしま》ちゃんを追《お》い返《かえ》そうとするなんて、ますますあやしいワ」

そのとき、わたしたちのうしろで声《こえ》がしたんだ。

「ったく、おまえらの行動《こうどう》って、ベタでわかりやすいよな」

振《ふ》り返《かえ》ると、そこに立《た》っていたのは、音宮先輩《おとみやせんぱい》だった。

「えっ……なんであーちゃんがここに⁉」

「大五郎《だいごろう》、おまえのあとをつけてきたんだ」

明智先輩《あけちせんぱい》と音宮先輩《おとみやせんぱい》は幼《おさな》なじみで、住《す》んでいる家《いえ》も近所《きんじょ》だ。

明智先輩《あけちせんぱい》がどこかへ向《む》かおうとしている姿《すがた》をたまたま見《み》かけた音宮先輩《おとみやせんぱい》は、もしやと思《おも》い、あとをつけてきたのだという。


「これ飲《の》んで頭《あたま》を冷《ひ》やせ」

音宮先輩《おとみやせんぱい》が明智先輩《あけちせんぱい》とわたしを連《つ》れてやってきたのは、タコの遊具《ゆうぐ》のある近《ちか》くの公園《こうえん》だった。

わたしたちに冷《つめ》たい飲《の》み物《もの》を差《さ》し出《だ》したあと、音宮先輩《おとみやせんぱい》はけわしい顔《かお》で釘《くぎ》を刺《さ》す。

「何度《なんど》も言《い》ってるけど、おまえら、勝手《かって》な行動《こうどう》はするな！　やみくもに事務所《じむしょ》に乗《の》り込《こ》んでいくなんて無謀《むぼう》もいいところだぞ！」

明智先輩《あけちせんぱい》は、すぐさま反論《はんろん》した。

「そうは言《い》うけど、美雨《みう》さん、今《いま》も監禁《かんきん》されちゃって苦《くる》しんでるかもしれないのよ⁉　この

ままなにもせずに手《て》をこまねいてろっていうの⁉」

わたしも、まったく同《おな》じ思《おも》いだった。

「その可能性《かのうせい》は、おれも否定《ひてい》しない」

「えっ⁉」

「ただ、おまえらの行動《こうどう》には、計画性《けいかくせい》ってものがまるでない。乗《の》り込《こ》むなら、その場所《ばしょ》に美雨《みう》さんが監禁《かんきん》されているという確実《かくじつ》な証拠《しょうこ》が必要《ひつよう》だろ？　うかつに動《うご》けば、おれたちが探《さぐ》っていることが相手《あいて》にバレて、かえって美雨《みう》さんを危険《きけん》にさらすことになる」

「まあ……たしかに一理《いちり》あるワね」

音宮先輩《おとみやせんぱい》に反論《はんろん》されて、わたしたちはそれ以上《いじょう》、なにも言《い》い返《かえ》せなかったんだ。

「たしかに、恵比寿《えびす》の事務所《じむしょ》に乗《の》り込《こ》もうとしたのはまちがいだったかもしれないワ」

翌日《よくじつ》の放課後《ほうかご》、ミステリー研究会《けんきゅうかい》の部室《ぶしつ》で、明智先輩《あけちせんぱい》は言《い》いだした。

「推理小説《すいりしょうせつ》だと、監禁場所《かんきんばしょ》って、たいてい廃屋《はいおく》とか、山奥《やまおく》の別荘《べっそう》とか、人目《ひとめ》につかない場所《ばしょ》なのよ」

「……別荘《べっそう》？」

明智先輩《あけちせんぱい》の言葉《ことば》に、わたしはハッとする。

潜入捜査《せんにゅうそうさ》をしたとき、水沢社長《みずさわしゃちょう》が軽井沢《かるいざわ》に別荘《べっそう》を持《も》っていると、自慢《じまん》げに話《はな》していたのを思《おも》い出《だ》したんだ。

「もしかして……軽井沢《かるいざわ》かな⁉　事務所《じむしょ》の別荘《べっそう》が軽井沢《かるいざわ》にあるって、水沢社長《みずさわしゃちょう》が言《い》ってたんです！」

「そう、そこよ！」

明智先輩《あけちせんぱい》は、興奮《こうふん》していすから立《た》ちあがった。

「別荘《べっそう》の場所《ばしょ》を突《つ》き止《と》めて、今度《こんど》こそ確実《かくじつ》な証拠《しょうこ》をつかんで、乗《の》り込《こ》んでやりましょうよ！」

「そうですね！」

しかし、明智先輩《あけちせんぱい》は自信満々《じしんまんまん》に言《い》ったが、具体的《ぐたいてき》な策《さく》があるわけではないようだ。

そのとき、パソコンに向《む》かって作業《さぎょう》をしていた工藤《くどう》くんが、ふいに話《はなし》に入《はい》ってきた。

「ネットで証拠《しょうこ》を見《み》つければいいんじゃないですか？」

観光地《かんこうち》である軽井沢《かるいざわ》については、多《おお》くの人《ひと》がネットに写真《しゃしん》やコメントをあげている。

その中《なか》に、もしかしたら証拠《しょうこ》が隠《かく》されているかもしれないと、工藤《くどう》くんは言《い》う。

「たとえば美雨《みう》さんが車《くるま》で別荘《べっそう》に連《つ》れて行《い》かれたときの姿《すがた》が、偶然《ぐうぜん》、写真《しゃしん》に写《うつ》っているかもしれません。あるいは、閉《と》じ込《こ》められた別荘《べっそう》の窓辺《まどべ》にいる姿《すがた》が写《うつ》り込《こ》んでいるなんてことも
……」

「そうね。いいアイディアだワ！」

わたしたちは、すぐさま工藤《くどう》くんの意見《いけん》に賛成《さんせい》し、軽井沢関連《かるいざわかんれん》の投稿《とうこう》を片《かた》っ端《ぱし》から検索《けんさく》しはじめたんだ。

そこに現《あらわ》れたのは、絵夢《えむ》くんだった。

「ぼくも手伝《てつだ》うよ」

「えっ、絵夢《えむ》くんも⁉」

「美雨《みう》さんが監禁《かんきん》されてるっていうキミたちの考《かんが》えには、正直《しょうじき》、ちょっとついていけない感《かん》じはあったけど……彼女《かのじょ》のことを思《おも》って必死《ひっし》になっている、その情熱《じょうねつ》には心《こころ》を動《うご》かされた」

絵夢《えむ》くんはそう言《い》って、ちょっぴり照《て》れくさそうにほほえむ。

わたしは、なんだか、あったかい気持《きも》ちになった。

しかし、結局《けっきょく》、これといった証拠《しょうこ》も見《み》つからないまま、時間《じかん》だけが過《す》ぎていったんだ。

「……奏《かなで》、どう？　美雨《みう》さんは見《み》つかりそう？」

それはコラボイベント前日《ぜんじつ》のこと——。

彩《あや》が、わたしに尋《たず》ねてきた。

わたしたちが美雨《みう》さんを捜《さが》していることを知《し》っている彩《あや》は、そこに一縷《いちる》の望《のぞ》みを託《たく》していたようだ。しかし——。

「……ううん。ごめんね」

わたしは彩《あや》に対《たい》して、いい返事《へんじ》ができなかったんだ。

彩《あや》は落胆《らくたん》した気持《きも》ちを押《お》し殺《ころ》すかのように、くちびるを噛《か》みしめる。

そして、自分《じぶん》に言《い》い聞《き》かせるように、こう言《い》ったんだ。

「……いいよ、ありがとう。美雨《みう》さんのこと、あきらめたわけじゃないけど……ライブはあしただし、頭《あたま》の中《なか》、切《き》り替《か》えないとね」

彩《あや》は空元気《からげんき》をふりしぼると、笑顔《えがお》で言《い》った。

「今日《きょう》はこれから、ライブのリハーサルなんだ。美雨《みう》さん抜《ぬ》きでも、あたしたちだけでやれるってとこ、見《み》せてやらなきゃね！」

教室《きょうしつ》を出《で》ていく彩《あや》のうしろ姿《すがた》は……しかし、やっぱりどこか寂《さび》しそうだった。

放課後《ほうかご》、明日《あす》のコラボイベントに向《む》けて、ミステリー研究会《けんきゅうかい》の部室《ぶしつ》で最終的《さいしゅうてき》な打《う》ち合《あ》わせをする予定《よてい》になっていた。

部室《ぶしつ》にやってくると、そこには、しばらく姿《すがた》を見《み》せていなかった音宮先輩《おとみやせんぱい》がいた。

音宮先輩《おとみやせんぱい》はプレシャス5《ファイブ》の事務所《じむしょ》との打《う》ち合《あ》わせなどに追《お》われていたらしい。

水沢社長《みずさわしゃちょう》に対《たい》しては、プレシャス5《ファイブ》のマネージャーにたのんでライブの招待状《しょうたいじょう》を送《おく》らせたという。

その招待状《しょうたいじょう》には――。

《折《お》り入《い》って、あなたにお話《はな》ししたいことがあります。あなたの得《とく》になるビジネスのお話《はなし》です》

――という一文《いちぶん》を添《そ》えてもらったんだって。

「できるだけ多《おお》くの客《きゃく》を集《あつ》められるように、マネージャーにたのんでチラシも作《つく》らせた」

音宮先輩《おとみやせんぱい》はそういうと、一枚《いちまい》のチラシを渡《わた》してきた。

それはコラボイベントの当日《とうじつ》、会場周辺《かいじょうしゅうへん》で配《くば》られる予定《よてい》のチラシで――。

《プレシャス5《ファイブ》 × 謎時《なぞとき》うさぎ　スペシャルコラボ》

――という見出《みだ》しがつけられている。

「月島《つきしま》、おまえはV《ブイ》チューバー探偵《たんてい》だろ？　V《ブイ》チューバーならV《ブイ》チューバーらしく、配信《はいしん》で事件《じけん》を解決《かいけつ》しろ。犯人《はんにん》の水沢《みずさわ》をロト詐欺《さぎ》で断罪《だんざい》し、自白《じはく》に追《お》いこんで、美雨《みう》さんの居場所《いばしょ》を吐《は》かせる――それこそが、おまえが今《いま》、やるべきことだ」

音宮先輩《おとみやせんぱい》の言葉《ことば》に、わたしは強《つよ》くうなずく。

（こうなったら、なにがなんでも水沢社長《みずさわしゃちょう》を自白《じはく》に追《お》いこんでやる！）

わたしは決意《けつい》して、両手《りょうて》をギュッとにぎりしめたんだ。

そうして迎《むか》えたコラボイベント当日《とうじつ》——。

会場《かいじょう》の向山遊園地《むこうやまゆうえんち》は、郊外《こうがい》にあり、豊《ゆた》かな自然《しぜん》に囲《かこ》まれている。

ライブが行《おこな》われるのは、園内《えんない》にある円形劇場《えんけいげきじょう》のような野外《やがい》ステージで、ふだんはヒーローショーなどが催《もよお》されている場所《ばしょ》だった。

ステージの上《うえ》には、照明《しょうめい》が吊《つ》られている。

舞台奥《ぶたいおく》には、大型《おおがた》のモニターも設置《せっち》されていた。

会場《かいじょう》にいる音宮先輩《おとみやせんぱい》は、モニターのチェックに余念《よねん》がない。

同《おな》じく会場《かいじょう》にいる明智先輩《あけちせんぱい》も、チラシ配《くば》りをするなどして、忙《いそが》しく働《はたら》いていた。

一方《いっぽう》、わたしはというと……。

ミステリー研究会《けんきゅうかい》の部室《ぶしつ》の中《なか》で待機《たいき》していた。

工藤《くどう》くんと絵夢《えむ》くんも、謎時《なぞとき》うさぎとして配信《はいしん》をするわたしをフォローするため、部室《ぶしつ》に残《のこ》っていた。

絵夢《えむ》くんは、ドラマの撮影《さつえい》で超多忙《ちょうたぼう》な身《み》ではあったが、「今日《きょう》だけは」と、マネージャーにムリを言《い》って、スケジュールを空《あ》けてもらったらしい。

「あと1時間《じかん》で、ライブ、始《はじ》まっちゃうんだね」

「いつもの調子《ちょうし》でやれば、だいじょうぶだから」

わたしと絵夢《えむ》くんがそんなことを言《い》い合《あ》っていたとき、スマホを手《て》にした工藤《くどう》くんがわたしたちのそばにやってきた。

「うちの弟《おとうと》がきのう、ちょっと気《き》になる投稿記事《とうこうきじ》を見《み》つけたんですけど……」

工藤《くどう》くんはそう言《い》うと、スマホの画面《がめん》をわたしたちに見《み》せてきた。

画面《がめん》には、軽井沢在住《かるいざわざいじゅう》の一般人《いっぱんじん》からの投稿記事《とうこうきじ》が映《うつ》っている。

そこには、こんなことが書《か》かれていた。

『近所《きんじょ》で怪奇現象《かいきげんしょう》が起《お》きてるんです。誰《だれ》もいないはずの隣《となり》の別荘《べっそう》の、地下室《ちかしつ》の通気窓《つうきまど》のところで、チカチカって何《なに》かが光《ひか》ってるんですよ。これって、いったい――』

「……怪奇現象《かいきげんしょう》？」

わたしがそうつぶやくと、絵夢《えむ》くんもいう。

「たしかに、ちょっと気《き》になるね。チカチカ光《ひか》ってるっていうのは……もしかして鏡《かがみ》？」

すると、工藤《くどう》くんはうなずく。

「ええ、たぶん、鏡《かがみ》で光《ひかり》を反射《はんしゃ》させて信号《しんごう》を送《おく》ってるんじゃないかって、ぼくも思《おも》ったんで

すよ」

記事《きじ》には、怪奇現象《かいきげんしょう》を映《うつ》した動画《どうが》も添付《てんぷ》されていた。動画《どうが》を見《み》ると、鏡《かがみ》の反射《はんしゃ》と思《おぼ》しき光《ひかり》は「チャッチャッ、チャチャチャッチャ」と、一定《いってい》のリズムで点滅《てんめつ》を繰《く》り返《かえ》している。

「これって……」

わたしの頭《あたま》に、そのとき浮《う》かんだのは、以前見《いぜんみ》たプレシャス5《ファイブ》のライブの光景《こうけい》だった。

「かんちがいしないで～♪　すべては自分《じぶん》のためなのよ～♪
自分《じぶん》が自分《じぶん》らしくいるために～♪　あなたのためじゃないんだから～♪」

そう歌《うた》ったあとに、プレシャス5《ファイブ》は「チャッチャッ、チャチャチャッチャ」というリズムに合《あ》わせてダンスを踊《おど》る。

このとき、会場《かいじょう》のファンの人《ひと》たちは、それぞれの推《お》しのカラーのペンライトをリズムに合《あ》わせて振《ふ》ってプレシャス5《ファイブ》を応援《おうえん》していたのだ。

「これ、美雨《みう》さんからのSOS《エスオーエス》ですよ！　歌《うた》の応援《おうえん》と同《おな》じリズムで鏡《かがみ》を光《ひか》らせて、自分《じぶん》がここにいるってことを知《し》らせてるんです！」

そう叫《さけ》んだ瞬間《しゅんかん》、みんなのあいだに緊張《きんちょう》が走《はし》る。

「うん、奏《かなで》ちゃんの言《い》う通《とお》りだ！」

絵夢《えむ》くんはそう言《い》ってから、なにかに気《き》づいた。

「別荘《べっそう》のドアのところに、なにか書《か》いてある！　ちょっとそこ、拡大《かくだい》してみて！」

絵夢《えむ》くんに言《い》われ、工藤《くどう》くんはスマホに映《うつ》ったドアの一部《いちぶ》を拡大《かくだい》する。

そこには――。

『BIGSTAR PROMOTION《ビッグスター プロモーション》』と書《か》かれたプレートが貼《は》りつけられていた。

「ビッグスター・プロモーション――これは水沢社長《みずさわしゃちょう》の事務所《じむしょ》が所有《しょゆう》する別荘《べっそう》だ！」

「ここですよ！　美雨《みう》さんの居場所《いばしょ》は!!」

もはや、コラボイベントをしている場合《ばあい》じゃなかった。

（すぐにでも、美雨《みう》さんを助《たす》けに行《い》かなきゃ……！）

あせる思《おも》いで、わたしはどうしたらいいのかわからなくなった。

そのとき、ライブ会場《かいじょう》のようすをモニターしていたパソコンの画面《がめん》に、音宮先輩《おとみやせんぱい》の姿《すがた》が映《うつ》し出《だ》されたんだ。

「こっちの準備《じゅんび》は万全《ばんぜん》だ。月島《つきしま》、そっちはどうだ？」

「音宮先輩《おとみやせんぱい》、美雨《みう》さんは軽井沢《かるいざわ》の別荘《べっそう》に監禁《かんきん》されてます！」

わたしは前置《まえお》きもなく、音宮先輩《おとみやせんぱい》に告《つ》げた。

「確実《かくじつ》な証拠《しょうこ》もあります！　これから救出《きゅうしゅつ》しに行《い》ってもいいですか⁉」

音宮先輩《おとみやせんぱい》は一瞬《いっしゅん》、ハッとする。

しかし、すぐに真顔《まがお》に戻《もど》り、冷静《れいせい》な口調《くちょう》で、こう言《い》い返《かえ》してきたんだ。

「おまえは配信《はいしん》があるだろ？　謎時《なぞとき》うさぎとして水沢社長《みずさわしゃちょう》を追《お》いつめることが、月島《つきしま》、おまえの役目《やくめ》だ。見《み》てくれる人《ひと》、応援《おうえん》してくれる人《ひと》がいるかぎり、なにがあっても配信《はいしん》をまっとうする――それが配信者《はいしんしゃ》としての責任《せきにん》ってもんだろ？」

「いや、でも……」

「別荘《べっそう》には、おれが行《い》く」

「えっ……？」

「安心《あんしん》しろ。美雨《みう》さんのことは、必《かなら》ずこのおれがステージに連《つ》れて帰《かえ》る」

音宮先輩《おとみやせんぱい》は、その目《め》に決意《けつい》をみなぎらせると、わたしに言《い》ったんだ。

「おれを信《しん》じろ」

「音宮先輩《おとみやせんぱい》……」

（……そうだよね。音宮先輩《おとみやせんぱい》ならきっと……きっと美雨《みう》さんを助《たす》けてくれる……）

わたしは、音宮先輩《おとみやせんぱい》の目《め》を見《み》て、深《ふか》くうなずいた。

わたしが心《こころ》を決《き》めたのを見届《みとど》けると、音宮先輩《おとみやせんぱい》は誰《だれ》かを捜《さが》すように、あたりに目《め》を走《はし》らせた。

そして――。

「おまえ！」

と、突然《とつぜん》、客席《きゃくせき》の一点《いってん》を指《ゆび》さす。

「えっ、オレ⁉」

そこに座《すわ》っていたのは、『西園寺砲《さいおんじほう》』こと西園寺《さいおんじ》タケルさんだった。

プレシャス5《ファイブ》と謎時《なぞとき》うさぎのコラボイベントを取材《しゅざい》するため、西園寺《さいおんじ》さんは会場《かいじょう》に乗《の》り込《こ》んでいたのだ。

「西園寺《さいおんじ》、おまえにスクープをとらせてやる！　ヘリコプターを出《だ》せ！」

「へっ⁉」

ライバルの音宮先輩《おとみやせんぱい》から、そう声《こえ》をかけられて、西園寺《さいおんじ》さんは目《め》を白黒《しろくろ》させる。

「いや、でも、ライブの取材《しゅざい》が……」

「いいから来《こ》い！」

音宮先輩《おとみやせんぱい》はいつもの強引《ごういん》さで、西園寺《さいおんじ》さんを引《ひ》っ張《ぱ》っていったんだ。


そして、いよいよ、イベントの幕《まく》が開《あ》いた。

この日《ひ》は休日《きゅうじつ》ということもあって、客席《きゃくせき》はほぼ埋《う》めつくされている。

客席《きゃくせき》には、犯人《はんにん》・水沢社長《みずさわしゃちょう》の姿《すがた》もあった。

（おいしい話《はなし》につられて、会場《かいじょう》までやってきたのかな？）

あるいは、美雨《みう》さんがいなくなったことで、自分《じぶん》に疑《うたが》いがかけられていないか、気《き》になって、ようすをうかがいに来《き》たのかもしれない。

（水沢社長《みずさわしゃちょう》……絶対《ぜったい》に追《お》いつめてやる！）

わたしは、決意《けつい》を新《あら》たにする。

そのとき、派手《はで》な音楽《おんがく》が流《なが》れて、彩《あや》たちプレシャス5《ファイブ》のメンバーが舞台《ぶたい》に登場《とうじょう》した。

しかし、客席《きゃくせき》は、とまどったように、ザワザワしはじめた。

「あれ、4人《にん》？　プレシャス5《ファイブ》って、5人《にん》グループじゃなかったっけ？」

「如月美雨《きさらぎみう》はどうしたんだ？」

ひとりの客《きゃく》が彩《あや》たちに向《む》かって叫《さけ》んだ。

「おまえたちを見《み》に来《き》たんじゃない、如月美雨《きさらぎみう》を出《だ》せ！」

その声《こえ》に心《こころ》を砕《くだ》かれたのか、彩《あや》は泣《な》きそうな顔《かお》になる。

MC《エムシー》（＊）役《やく》のメンバーがマイクを手《て》にしようとしたが、あわてていたため、それを取《と》り落《お》としてしまった。

「……ご、ごめんなさい。美雨《みう》さんは体調《たいちょう》を崩《くず》してて……わたしたち、今日《きょう》は4人《にん》ですけど、美雨《みう》さんの分《ぶん》までがんばります！」

ようやくマイクを手《て》にあいさつをしたものの、観客《かんきゃく》たちは明《あき》らかにがっかりしたようすだ。なかには、席《せき》を立《た》つ人《ひと》までいる。

＊「MC《エムシー》」…イベントや番組《ばんぐみ》などで、その場《ば》を仕《し》切《き》って話《はなし》をする司会進行役《しかいしんこうやく》。英語《えいご》の「Master《マスター》 of《オブ》 Ceremony《セレモニー》」の略《りゃく》。

客席《きゃくせき》が盛《も》り上《あ》がらないまま、ライブが始《はじ》まった。

ライブの前半《ぜんはん》は、カバー曲《きょく》の披露《ひろう》だった。

しかし、お客《きゃく》さんたちの反応《はんのう》はあいかわらず冷《ひ》ややかで……。

彩《あや》たちは動揺《どうよう》してしまったのか、何度《なんど》もダンスの振《ふ》りをまちがえる。

メンバーたちに笑顔《えがお》はなかった。


前半《ぜんはん》のライブが終了《しゅうりょう》し、いよいよ、わたし——謎時《なぞとき》うさぎの出番《でばん》となった。

軽井沢《かるいざわ》の別荘《べっそう》に美雨《みう》さんを救出《きゅうしゅつ》に行《い》った音宮先輩《おとみやせんぱい》のことが気《き》になっていたけれど……。

(わたしの役目《やくめ》は、犯人《はんにん》の水沢社長《みずさわしゃちょう》を追《お》いつめること——集中《しゅうちゅう》しなきゃ!)

MC《エムシー》役《やく》のメンバーが謎時《なぞとき》うさぎを紹介《しょうかい》すると、ライブ会場《かいじょう》のステージの巨大《きょだい》モニターには、バーンと、うさぎの姿《すがた》が大写《おおうつ》しになった。

そして、それと同時《どうじ》に、わたしの目《め》の前《まえ》にあるWEB《ウェブ》カメラのついたパソコンの画面《がめん》にも、同《おな》じうさぎの姿《すがた》が映《うつ》し出《だ》されたんだ。

「プレシャス5《ファイブ》のライブを見《み》に来《き》てくれたみんな、そして、この配信《はいしん》を見《み》てくれてるみんな、ありがとう! どんな事件《じけん》も、ぴょ〜んと解決《かいけつ》! バーチャル探偵《たんてい》・謎時《なぞとき》うさぎ、参《さん》上《じょう》だぴょーん！」

ところが、会場《かいじょう》にいるお客《きゃく》さんたちの反応《はんのう》は、美雨《みう》さん抜《ぬ》きの『プレシャス5《ファイブ》』が登場《とうじょう》したときよりも、さらに冷《ひ》ややかだった。

「なにこれ？」

「謎時《なぞとき》うさぎ？」

「聞《き》いたことないわよねぇ」

「なにかのアニメのキャラクターかしら？」

謎時《なぞとき》うさぎが一般《いっぱん》の人《ひと》には、ほぼ無名《むめい》な存在《そんざい》であることを、わたしはいやというほど思《おも》い知《し》ったんだ。

（……ど、どうしよう……告知動画《こくちどうが》は、それなりの再生回数《さいせいかいすう》があったのに……）

あせったわたしは、ドキドキして、言葉《ことば》が出《で》なくなる。

しかし、気《き》を落《お》ち着《つ》かせて、トークを続《つづ》けたんだ。

「今日《きょう》は初《はつ》のコラボイベントってことで、衣装《いしょう》も新《あたら》しくしてみたのだ！　どうかな、この衣《い》装《しょう》？」

まばたきして耳《みみ》をピョコピョコと動《うご》かしてみると、そのしぐさがおかしかったのか、会《かい》場《じょう》の子《こ》どもたちが笑《わら》いだした。

配信画面《はいしんがめん》にも、コメントの文字《もじ》が流《なが》れる。

『カワイイ』

『似合《にあ》ってるよ』

『祝《しゅく》・初《はつ》コラボイベント　ＢＹ《バイ》うさとも探偵団《たんていだん》』

書《か》きこんでくれたのは、謎時《なぞとき》うさぎの数少《かずすく》ないファン――『うさとも探偵団《たんていだん》』のみんなだった。

（みんな、ありがとう……わたし、がんばるよ！）

ようやく、いつもの調子《ちょうし》を取《と》り戻《もど》したわたしは、さっそく本題《ほんだい》に入《はい》る。

「みんなは『ロト詐欺《さぎ》』って知《し》ってるかな？　そう、ロトくじの当《あ》たり番号《ばんごう》を事前《じぜん》に教《おし》えると言《い》って、お金《かね》をだまし取《と》る詐欺《さぎ》の手口《てぐち》なのだ。うさぎの知《し》り合《あ》いのアイドルＭ《エム》さんも、この手口《てぐち》に引《ひ》っかかって、お金《かね》をだまし取《と》られてしまったのだぴょん！」

謎時《なぞとき》うさぎが告《つ》げると、客席《きゃくせき》はザワザワしはじめる。

水沢社長《みずさわしゃちょう》も、このライブが自分《じぶん》を断罪《だんざい》するためのものだと気《き》づいたようだ。

落《お》ち着《つ》きなく、あたりに目《め》を泳《およ》がせている。

わたしは、ここぞとばかりにルーペで謎時《なぞとき》うさぎの目《め》を大《おお》きくしながら、たたみかけるように言《い》ったんだ。

「犯人《はんにん》が持《も》っている恵比寿第一銀行《えびすだいいちぎんこう》の口座《こうざ》には、先月《せんげつ》に50万円《まんえん》、今月《こんげつ》に30万円《まんえん》、アイドルM《エム》さんからお金《かね》が振《ふ》り込《こ》まれている。これはM《エム》さんがロト詐欺《さぎ》にだまされて、振《ふ》り込《こ》んでしまったお金《かね》なのだぴょん！」

それを聞《き》いた水沢社長《みずさわしゃちょう》は、サーッと、青《あお》ざめる。

「ねえ、アイドルM《エム》って、如月美雨《きさらぎみう》のことなんじゃない？」

会場《かいじょう》にいたお客《きゃく》さんたちは、そんなことをささやきはじめた。

「そう。ロト詐欺《さぎ》に遭《あ》ったのは、今日《きょう》、この会場《かいじょう》にいないメンバーの如月美雨《きさらぎみう》さんなのだ。犯人《はんにん》は――」

わたしは、水沢社長《みずさわしゃちょう》が美雨《みう》さんに追加《ついか》の50万円《まんえん》を要求《ようきゅう》している電話《でんわ》の音声《おんせい》を流《なが》す。

そして、指《ゆび》さしポーズを決《き》めながら、言《い》ったんだ。

「――そう、今《いま》、このライブ会場《かいじょう》に来《き》ている、そこのあなただぴょん！」

水沢社長《みずさわしゃちょう》は反射的《はんしゃてき》に立《た》ちあがると、その場《ば》から逃《に》げ出《だ》そうとした。

「あいつが犯人《はんにん》よ！」

明智先輩《あけちせんぱい》がすかさず、水沢社長《みずさわしゃちょう》に向《む》かって指《ゆび》をさす。

それを合図《あいず》に、何人《なんにん》かの客《きゃく》たちが席《せき》を立《た》ち、水沢社長《みずさわしゃちょう》を取《と》り囲《かこ》んだ。

「は、離《はな》せっ！」

大人《おとな》の客《きゃく》たちに両脇《りょうわき》から腕《うで》をつかまれ、水沢社長《みずさわしゃちょう》はもがきながら叫《さけ》んだ。

「たしかにわたしは、如月美雨《きさらぎみう》さんに金《かね》を振《ふ》り込《こ》んでもらった。しかし、ロト詐欺《さぎ》を働《はたら》いているなどというのは、とんでもない誤解《ごかい》だよ」

水沢社長《みずさわしゃちょう》は、美雨《みう》さんからお金《かね》を貸《か》してもらっただけ、そのお金《かね》はすでに返《かえ》したと言《い》って、シラを切《き》る。

（お金《かね》を貸《か》してもらっただけ……!?）

わたしは言葉《ことば》に詰《つ》まった。

電話《でんわ》の録音《ろくおん》データでも、水沢社長《みずさわしゃちょう》は「あと50万円必要《まんえんひつよう》になった」と美雨《みう》さんに言《い》っているだけで、ロト詐欺《さぎ》をにおわせるような言葉《ことば》はなにも口《くち》にしていない。

つまり、これ以上《いじょう》、彼《かれ》を追及《ついきゅう》できる証拠《しょうこ》がなかったんだ。

（……どうしよう。このままじゃ、水沢社長《みずさわしゃちょう》を自白《じはく》に追《お》い込《こ》めない……）

頭《あたま》が真《ま》っ白《しろ》になって、足《あし》がガクガクと震《ふる》えだす。

（……だめだ。もとのわたしに戻《もど》ってしまう……）

バラバラバラバラ！

そのとき、上空《じょうくう》でヘリコプターの轟音《ごうおん》が響《ひび》いたんだ。
それと同時《どうじ》に、声《こえ》が聞《き》こえてきた。

「みんなぁ〜、遅《おそ》くなってゴメンねぇ——っ！！！」

声《こえ》の主《ぬし》は、美雨《みう》さんだった。
ホバリング中《ちゅう》のヘリコプターから、大声《おおごえ》で叫《さけ》んでいる。
やがてヘリコプターが着陸《ちゃくりく》すると、その中《なか》から美雨《みう》さんがさっそうと現《あらわ》れた。
続《つづ》いて、音宮先輩《おとみやせんぱい》と西園寺《さいおんじ》さんも広場《ひろば》に降《お》り立《た》つ。
（美雨《みう》さん……無事《ぶじ》だったんだね。音宮先輩《おとみやせんぱい》……美雨《みう》さんを助《たす》けてくれてありがとう）

感激《かんげき》のあまり、涙《なみだ》がこぼれ落《お》ちそうになる。

美雨《みう》さんは、音宮先輩《おとみやせんぱい》と西園寺《さいおんじ》さんをナイトのように従《したが》えて、つかつかと水沢社長《みずさわしゃちょう》の前《まえ》にやってくると、水沢社長《みずさわしゃちょう》を指《ゆび》さしながら言《い》ったんだ。


「わたし、この人《ひと》に監禁《かんきん》されてたの！」


美雨《みう》さんのひと声《こえ》に、会場《かいじょう》のどよめきは頂点《ちょうてん》に達《たっ》した。

西園寺《さいおんじ》さんはカメラを構《かま》え、パシャパシャとこのようすを写真《しゃしん》に撮《と》る。

みんなの視線《しせん》が一点《いってん》に集中《しゅうちゅう》するなか、美雨《みう》さんは話《はなし》を続《つづ》けた。

「監禁《かんきん》されたのは、わたしがロト詐欺《さぎ》でだまされたことに気《き》づいてしまったから……。バカだよね。子《こ》どもの頃《ころ》から、ずっと貧乏《びんぼう》だったから、わたしにとってお金《かね》はだいじなものでさ、だまし取《と》られたって思《おも》ったら、居《い》ても立《た》ってもいられなかったんだ。だから、この人《ひと》のところに、お金返《かねかえ》してって、直談判《じかだんぱん》に行《い》っちゃったんだよね」

その結果《けっか》、水沢社長《みずさわしゃちょう》に別荘《べっそう》に連《つ》れていかれて、閉《と》じ込《こ》められてしまったのだと、美雨《みう》さんは話《はな》す。

「みんな、迷惑《めいわく》かけちゃって、本当《ほんとう》にごめんね」

美雨《みう》さんはそう言《い》って、ステージに向《む》かって深々《ふかぶか》と頭《あたま》を下《さ》げた。

すると、謎時《なぞとき》うさぎの配信画面《はいしんがめん》には、コメントが流《なが》れる。

『美雨《みう》ちゃん、つらい思《おも》いをしてたんだね』

『でも、無事《ぶじ》でよかった』

『犯人《はんにん》が許《ゆる》せない！』

『がんばってる美雨《みう》さんを、そんなヒドい目《め》にあわせるなんて、サイテー！』

すると、会場《かいじょう》のお客《きゃく》さんたちも声《こえ》をあげはじめたんだ。

「ほんと、ヒドい犯人《はんにん》だよね」

「でも、美雨《みう》さん、生《い》きててよかった」

「待《ま》ってたよぉ〜！」

「お帰《かえ》り、美雨《みう》ちゃん！」

会場《かいじょう》は「お帰《かえ》り！」という声《こえ》の大合唱《だいがっしょう》となる。

美雨《みう》さんは、驚《おどろ》きで目《め》を見張《みは》り、ぼう然《ぜん》としながら、そのようすに見入《みい》った。

美雨《みう》さんの目《め》から、ひと筋《すじ》の涙《なみだ》がこぼれ落《お》ちる。

涙《なみだ》は、あとから、あとから、あふれ出《で》てきて、ぬぐっても、ぬぐっても、ぬぐい切《き》れなかったんだ。

――そのときだった。

「……すまなかった」

水沢社長《みずさわしゃちょう》が、つぶやきをもらしたんだ。

「あんたを別荘《べっそう》に閉《と》じ込《こ》めたのは、追《お》いつめられてしかたなく……苦《くる》しまぎれにやってしまったことなんだ。とっさに閉《と》じ込《こ》めたものの、正直《しょうじき》、どうしたらいいのかわからなくなって……」

水沢社長《みずさわしゃちょう》はひとり言《ごと》のようにつぶやくと、話《はなし》を続《つづ》ける。

「金《かね》をだまし取《と》ったことも、悪《わる》かったと思《おも》ってる。でも、私《わたし》だって……好《す》きで詐欺《さぎ》なんかに手《て》を出《だ》したわけじゃない。……金《かね》だ。すべては金《かね》のせいなんだ……」

ビッグスター・プロモーションが悪徳事務所《あくとくじむしょ》に変《か》わり、水沢社長《みずさわしゃちょう》がロト詐欺《さぎ》に手《て》を染《そ》めるようになったのは、いちばんの稼《かせ》ぎ頭《がしら》だった所属《しょぞく》タレントがスキャンダルで事務所《じむしょ》をやめていったことが原因《げんいん》だったという。

CM《シーエム》などの違約金《いやくきん》が山《やま》のようにふくれあがって、気《き》がつくと……水沢社長《みずさわしゃちょう》は膨大《ぼうだい》な借金《しゃっきん》を抱《かか》えていたらしい。

「……金《かね》によって、私《わたし》は人生《じんせい》を狂《くる》わされた。……金《かね》は人《ひと》を狂《くる》わせる……」

その言葉《ことば》に、美雨《みう》さんも「わかる」と言《い》った顔《かお》でうなずく。

「たしかにお金《かね》がないと困《こま》るし、お金《かね》ってだいじだよね。でも、お金《かね》よりもっとだいじなものがあるって、あたし、気《き》づいたの。それはね……人《ひと》とのきずなだよ」

美雨《みう》さんは、彩《あや》たちメンバーと目《め》を見交《みか》わしてほほえむ。

美雨《みう》さんの目《め》にも、彩《あや》たちの目《め》にも、涙《なみだ》が光《ひか》っていた。

それから美雨《みう》さんは涙《なみだ》をぬぐい、たたみかけるように、水沢社長《みずさわしゃちょう》に言《い》ったんだ。

「罪《つみ》を償《つぐな》って、出直《でなお》してください」

水沢社長《みずさわしゃちょう》は、力《ちから》なくうなずく。

パトカーのサイレンが響《ひび》き渡《わた》ったのは、そのときだった。

音宮先輩《おとみやせんぱい》の通報《つうほう》で、警察《けいさつ》が駆《か》けつけてきたんだ。

水沢社長《みずさわしゃちょう》は、そのまま連行《れんこう》されていったのだった。

「かくして、事件《じけん》は一件落着《いっけんらくちゃく》だぴょん！　でも、ライブは、まだまだ終《お》わらないのだ。美《み》雨《う》さんが戻《もど》ってきて、プレシャス5《ファイブ》は、ようやくフルメンバーになった。如月美雨《きさらぎみう》、カモーン！」

謎時《なぞとき》うさぎが呼《よ》びかけると、美雨《みう》さんは花道《はなみち》を走《はし》って、ステージに駆《か》けあがる。

そして、客席《きゃくせき》に向《む》かって満開《まんかい》の笑顔《えがお》を見《み》せたんだ。

「みんな、今日《きょう》は集《あつ》まってくれて、ありがとう！　ようやくみんなに会《あ》うことができて、うれしいよ！　じゃあ、さっそく歌《うた》っちゃうね！」

美雨《みう》さんのMC《エムシー》に続《つづ》き、オリジナル曲《きょく》『あなたのためじゃない』のイントロが流《なが》れた。

「かんちがいしないで〜♪　すべては自分《じぶん》のためなのよ〜♪

自分《じぶん》が自分《じぶん》らしくいるために〜♪　あなたのためじゃないんだから〜♪」

短《みじか》い間奏《かんそう》のあいだ、プレシャス5《ファイブ》のメンバーは、キレのいいダンスを踊《おど》る。

そのリズムに合《あ》わせて、観客《かんきゃく》たちは「チャッチャヤッ、チャチャチャッチャ」と、ペンライトを振《ふ》りながら応援《おうえん》を送《おく》った。

彩《あや》も心《こころ》からうれしそうな表情《ひょうじょう》で、さっきとは打《う》って変《か》わって生《い》き生《い》きとしたパフォーマンスを見《み》せている。

その笑顔《えがお》は、美雨《みう》さんに負《ま》けないくらい、輝《かがや》いていたんだ。

「そろそろ、お別《わか》れの時間《じかん》が近《ちか》づいてきたよ。最後《さいご》にこの歌《うた》を紹介《しょうかい》するね。歌《うた》ってくれるのは、謎時《なぞとき》うさぎだよ。実《じつ》はね、名探偵《めいたんてい》のうさぎは、とってもいい声《こえ》で、ステキな歌《うた》を歌《うた》うんだよ。みんな、この歌《うた》を聞《き》いて！　『月《つき》の人魚《にんぎょ》』――」

美雨《みう》さんに歌《うた》を紹介《しょうかい》してもらったわたしは、心《こころ》を込《こ》めて歌《うた》い始《はじ》めた。

「もしも、この声《こえ》が届《とど》くなら、愛《いと》しいあなたに伝《つた》えたい～♪　わたしが、ここにいることを～♪」

会場《かいじょう》のお客《きゃく》さんたちは、皆《みな》、食《く》い入《い》るようにわたしの歌《うた》に聞《き》き入《い》っていた。

わたしは、胸《むね》がいっぱいになる。

そして――。

わたしが2番《ばん》の歌詞《かし》を歌《うた》いはじめると、プレシャス5《ファイブ》のメンバーもいっしょに歌《うた》いはじめたんだ。

お客《きゃく》さんたちも手拍子《てびょうし》で応援《おうえん》してくれて……。

ライブ会場《かいじょう》は、今日《きょう》いちばんの盛《も》り上《あ》がりを見《み》せる。

（みんな……ありがとう！）

またひとつ夢《ゆめ》が叶《かな》ったと、わたしは心《こころ》の中《なか》でほほえんだ。

エピローグ

美雨《みう》さんの事件《じけん》が解決《かいけつ》して、数日《すうじつ》がすぎた。

この日《ひ》、ミステリー研究会《けんきゅうかい》の部室《ぶしつ》では、祝賀会《しゅくがかい》がおこなわれていた。


「かんぱーい！！！」


ティーカップを合《あ》わせ、わたしたち、ミステリー研究会《けんきゅうかい》のメンバーは祝杯《しゅくはい》をあげる。

「いやあ、今回《こんかい》も無事《ぶじ》、事件《じけん》が解決《かいけつ》して、めでたしよネ！」

明智先輩《あけちせんぱい》がほくほくしながら言《い》うと、絵夢《えむ》くんも笑顔《えがお》でうなずく。

「そうだね。プレシャス5《ファイブ》とコラボできたおかげで、謎時《なぞとき》うさぎの視聴者層《しちょうしゃそう》も幅《はば》が広《ひろ》がったし」

「そんなの、控《ひか》えめな表現《ひょうげん》よ～！　今《いま》や、謎時《なぞとき》うさぎは超有名人《ちょうゆうめいじん》！」

「いや、それは言《い》いすぎだろ」

はしゃぎまくる明智先輩《あけちせんぱい》を、音宮先輩《おとみやせんぱい》はたしなめる。

なにはともあれ、世間《せけん》に注目《ちゅうもく》される事件《じけん》を解決《かいけつ》したことで、謎時《なぞとき》うさぎの知名度《ちめいど》が以前《いぜん》とは比《くら》べものにならないほど、上《あ》がったのはたしかだ。

配信後《はいしんご》、チャンネル登録者数《とうろくしゃすう》は1万人《まんにん》を超《こ》えた。

再生回数《さいせいかいすう》も、高評価《こうひょうか》の数《かず》も、5倍近《ばいちか》く増《ふ》えている。

しかし、そのせいで西園寺《さいおんじ》さんのみならず、謎時《なぞとき》うさぎの正体《しょうたい》を知《し》りたいという人《ひと》も増《ふ》えた。

秘密《ひみつ》を守《まも》るために、音宮先輩《おとみやせんぱい》はここ数日《すうじつ》、マスコミへの対応《たいおう》に追《お》われている。

「捕《つか》まった水沢社長《みずさわしゃちょう》は、なにもかも自白《じはく》したらしいワよ?」

「美雨《みう》さん、つらい思《おも》いをしたけど、まあ、結果《けっか》オーライって感《かん》じだね」

明智先輩《あけちせんぱい》と絵夢《えむ》くんの言葉《ことば》に、わたしもうなずく。

彩《あや》から聞《き》いた話《はなし》によると、プレシャス5《ファイブ》はあれからすぐ初《はつ》のテレビ出演《しゅつえん》を果《は》たし、その人気《にんき》はうなぎのぼりらしい。

警視庁《けいしちょう》の『詐欺撲滅《さぎぼくめつ》キャンペーン』のキャラクターにも選《えら》ばれ、まさに順風満帆《じゅんぷうまんぱん》といったところなのだという。

そして、美雨《みう》さんも、当分《とうぶん》はアイドルを続《つづ》けていく決意《けつい》を固《かた》めたんだって。

「今回《こんかい》、わたしが巻《ま》き込《こ》まれた事件《じけん》を解決《かいけつ》するために、いろんな人《ひと》が手《て》を貸《か》してくれた。それと、ファンのみんなもすっごく励《はげ》ましてくれたんだよね。だから、今度《こんど》はわたしがみんなを幸《しあわ》せにしたいって思《おも》ったの。プレシャス5《ファイブ》の歌《うた》を聞《き》いて、みんなが少《すこ》しでも元気《げんき》になってくれたら、うれしいなって」

出演《しゅつえん》したテレビで、美雨《みう》さんはそう語《かた》っていたらしいよ。

（よかったね、彩《あや》。これで彩《あや》も安心《あんしん》だね）


わたしは明智先輩《あけちせんぱい》がいれてくれた極上《ごくじょう》の紅茶《こうちゃ》を飲《の》み、美雨《みう》さんと彩《あや》から贈《おく》られてきた、お礼《れい》のお菓子《かし》に手《て》をのばす。

そのとき、となりに座《すわ》っていた工藤《くどう》くんのパソコンから、歌《うた》が流《なが》れてきたんだ。

（あれ？　この歌《うた》……）

それは『月《つき》の人魚《にんぎょ》』だったが、歌《うた》っているのは、わたしではなかった。

その歌《うた》を耳《みみ》にしたとたん、音宮先輩《おとみやせんぱい》は、なぜか顔《かお》をこわばらせる。

「工藤《くどう》、その曲《きょく》、どこで手《て》に入《い》れたんだ？」

「視聴者《しちょうしゃ》から、送《おく》られてきたんです」

「視聴者《しちょうしゃ》から？」

「はい。謎時《なぞとき》うさぎが歌《うた》う『月《つき》の人魚《にんぎょ》』は、弥子《やこ》という名《な》のシンガーソングライター（＊）が歌《うた》っていた曲《きょく》で、原曲《げんきょく》はコレなんじゃないかって、データのついたメールが送《おく》られてきて」

「えっ、『月《つき》の人魚《にんぎょ》』の原曲《げんきょく》を歌《うた》っているのは、弥子《やこ》さんっていうんですか⁉」

小《ちい》さいころからくり返《かえ》し何度《なんど》も聞《き》いている大好《だいす》きな歌《うた》だけど、わたしは歌手《かしゅ》の名前《なまえ》を知《し》らなかったんだ。

名前《なまえ》がわかって、つい、うれしくなり、わたしは思《おも》わずつぶやいた。

「弥子《やこ》さん……あんなステキな曲《きょく》を作《つく》るなんて……一度《いちど》、会《あ》ってみたいな」

「……残念《ざんねん》だけど、それはできない」

そのとき、音宮先輩《おとみやせんぱい》が暗《くら》い表情《ひょうじょう》で言《い》った。

そして、突然《とつぜん》、席《せき》を立《た》ち、部室《ぶしつ》を出《で》ていってしまったんだ。

「えっ、音宮先輩《おとみやせんぱい》、どうしちゃったんだろう？」

音宮先輩《おとみやせんぱい》が急《きゅう》に席《せき》を立《た》った理由《りゆう》について、明智先輩《あけちせんぱい》は心当《こころあ》たりがあるようだ。

「もしかして……いや、ワタシも『月《つき》の人魚《にんぎょ》』の原曲《げんきょく》を歌《うた》っているのが誰《だれ》かなんて知《し》らなかったんだけど……でも、弥子《やこ》っていう名前《なまえ》は……」

＊「シンガーソングライター」…歌《うた》を作詞作曲《さくしさっきょく》して、自《みずか》ら歌《うた》う人《ひと》。

明智先輩《あけちせんぱい》は、音宮先輩《おとみやせんぱい》が抱《かか》えている家庭《かてい》の事情《じじょう》を教《おし》えてくれた。

「本当《ほんとう》ですか⁉」

話《はなし》を聞《き》いたわたしは、居《い》ても立《た》ってもいられない気持《きも》ちになり、音宮先輩《おとみやせんぱい》を追《お》いかけたんだ。

「音宮先輩《おとみやせんぱい》！」

学校《がっこう》の敷地内《しきちない》をあちこち捜《さが》し回《まわ》り、ようやく音宮先輩《おとみやせんぱい》を見《み》つけたわたしは、息《いき》を弾《はず》ませながら彼《かれ》に駆《か》け寄《よ》っていった。

しかし、振《ふ》り返《かえ》った音宮先輩《おとみやせんぱい》の顔《かお》を見《み》た瞬間《しゅんかん》、思《おも》わず足《あし》が止《と》まる。

その顔《かお》は、日頃《ひごろ》のクールな彼《かれ》とはちがい、とても悲《かな》しげだったんだ。

「あの……明智先輩《あけちせんぱい》から聞《き》いたんですけど……弥子《やこ》さんは……音宮先輩《おとみやせんぱい》のお母《かあ》さんなんですか？」

迷《まよ》いを吹《ふ》っ切《き》って、そう問《と》いかけると、音宮先輩《おとみやせんぱい》は答《こた》える。

「……だからなんだ？　月島《つきしま》には関係《かんけい》ないだろ」

「関係《かんけい》なくなんかありません！　悩《なや》んでいる音宮先輩《おとみやせんぱい》をほっとけないですから！」

音宮先輩《おとみやせんぱい》のお母《かあ》さんは、彼《かれ》が小学生《しょうがくせい》のときに行方不明《ゆくえふめい》になってしまったのだと、明智先《あけちせん》輩《ぱい》が言《い》ってたんだ。

「恵比寿《えびす》で見《み》かけた女性《じょせい》を、先輩《せんぱい》があんなに必死《ひっし》に追《お》いかけたのは、お母《かあ》さんだと思《おも》ったからなんですよね？」

音宮先輩《おとみやせんぱい》は何《なに》も答《こた》えない。

わたしは言《い》うのをためらっていたが、決意《けつい》を固《かた》め、口《くち》にした。

「わたしにできることがあれば、音宮先輩《おとみやせんぱい》の力《ちから》になりたいです」

すると、音宮先輩《おとみやせんぱい》はわたしの目《め》をじっと見返《みかえ》し、こう言《い》い返《かえ》してきたんだ。

「……力《ちから》になりたい？　おれはおまえを利用《りよう》しようとしたんだぞ？」

「……え？」

「おまえをV《ブイ》チューバーに仕立《した》てたのは、歌《うた》い手《て》として売《う》り出《だ》したかったわけじゃない。おまえに母《はは》の歌《うた》を歌《うた》わせて世間《せけん》が注目《ちゅうもく》すれば、失踪《しっそう》した母《はは》がなんらかの反応《はんのう》を示《しめ》すかもしれない――そう思《おも》ったからなんだ」

「えっ……そうだったんですか⁉」

正直《しょうじき》、ショックを受《う》けなかったと言《い》えばウソになる。

わたしは音宮先輩《おとみやせんぱい》に歌《うた》を認《みと》められて、V《ブイ》チューバーになったんだって、ずっとそう思《おも》ってたから……。

でも、深《ふか》い悲《かな》しみを背負《せお》った音宮先輩《おとみやせんぱい》の横顔《よこがお》を目《め》にしたら、わたしが受《う》けたショックなんて、小《ちい》さいことのように思《おも》えてきたんだ。

「……それでもいい。先輩《せんぱい》の力《ちから》になりたいです。だって、放《ほう》っておけないもの。もしも、わたしのお母《かあ》さんがいなくなっちゃったらって思《おも》ったら……そう思《おも》っただけで、わたしは……」

わたしの目《め》からは、知《し》らず知《し》らずに涙《なみだ》があふれてきた。

両手《りょうて》で目《め》をぬぐい続《つづ》けるわたしを、音宮先輩《おとみやせんぱい》はぼう然《ぜん》としながら見《み》つめていた。

著　木滝りま（きたき・りま）
脚本家・小説家。小説に、「科学探偵　謎野真実」シリーズ（朝日新聞出版）、「セカイの千怪奇」シリーズ（岩崎書店）、『大バトル！　きょうりゅうキッズ　きょうふの大王をたおせ！』（KADOKAWA）など。脚本家としての作品に、ドラマ「正直不動産2」「カナカナ」などがある。
〈執筆…3章・4章・エピローグ〉

著　舟崎泉美（ふなさき・いずみ）
小説家、脚本家、映画監督。小説に、『ギソク陸上部』（学研プラス）、ドラマノベライズ『おちょやん』結婚編・女優編（学研プラス）、ドラマノベライズ『仰げば尊し』（学研プラス）、『ベルーガの冒険』（銀河企画）など。脚本・監督作品として、短編映画「夜を駆ける」などがある。
〈執筆…1章・2章〉

絵　榎のと（えのき・のと）
マンガ家・イラストレーター。主な作品に「時間割男子」シリーズ（角川つばさ文庫）、「怪帰師のお仕事」シリーズ（アルファポリスきずな文庫）、『訳あり伯爵様と契約結婚したら、義娘（六歳）の契約母になってしまいました。』（KADOKAWA）などがある。

図　版　倉本るみ
装　丁　川谷デザイン
校　閲　深谷麻衣、野口高峰（朝日新聞総合サービス 出版校閲部）
編集デスク　竹内良介
編　集　河西久実

ナゾノベル

V《ブイ》チューバー探《たん》偵《てい》団《だん》

消《き》えたアイドルを追《お》え!

2024年11月30日　第1刷発行

著　者　木滝りま　舟崎泉美
絵　榎のと

発行者　片桐圭子
発行所　朝日新聞出版
〒104-8011　東京都中央区築地5-3-2
電話　03-5541-8833(編集)
03-5540-7793(販売)
印刷所　大日本印刷株式会社

ISBN 978-4-02-332400-8